你想殺死老闆嗎？

（我們做了！）

文善 著

［推薦序］

香港推理新浪潮

作詞家・編劇 陳心遙

無可否認，香港新一代的推理小說迷，很多愛看外國的作品。日本、美國、英國、北歐，甚至臺灣，近年的確有不少好東西。不過我們香港的作家當然不遑多讓，但礙於香港的閱讀氣氛，令香港的文壇未能更上一層樓。

其中一個對策是做好文學作品「映畫化」，這是日文詞語，就是把小說或動漫拍成真人電影的意思。如果細心留意日本的電影，不難發現，日本電影至少有七成是改編自小說或動漫，真正原創的其實不多。原因是著名的小說作品一般已有一定的讀者基礎，劇情和人物設定相對紮實，只要小說受歡迎，大家總會對改編後的電影有期待。

香港，一來受歡迎的小說不多，二來香港電影界和文壇的交集亦不多。所以小說「映畫化」一直停滯不前。幸好近年已有進步，先有網路上受歡迎的小說被電影看中，後有文善的舊作《逆向誘拐》被改編，導演黃浩然還請來我上一部電影《哪一天我們會飛》的男女主角擔綱，令我十分期待。

好的推理小說，被翻譯後，全世界的人都能誇越語言障礙看出趣味，同時也能推動本土文化。今次《你想殺死老闆嗎？（我們做了！）》屬文善另一傑作，香港人面對樓

(我們做了!)

價失控、生活失衡、人性失真的世界，被迫於瘋狂的邊緣；本作既反應現實，又令大家暫時逃避現實，享受本格推理的樂趣。本人其實一直鍾情懸疑推理的世界。好希望文善的新作品，可以和其他推理作家，一起帶起香港的推理文藝風氣，令我等電影創作人，不論原創或改編，有機會拍攝更多推理電影，掀起香港推理世界的新浪潮。

〔推薦序〕

老皮新骨——新世紀誕生的推理

推理作家 **寵物先生**

一群員工陰錯陽差之下殺死了老闆，之後外人闖入公司，在颱風來襲、電梯不通、樓梯有鐵門封鎖的狀態下，眾人須推敲出一連串命案的真相——此種「封閉空間」（或稱暴風雨山莊）模式，一直是推理小說的典型設計之一。若再輔以「於眾人監視之下的通路，能不被發現、來去自如地行兇」此種「不可能犯罪」的橋段，就更令人興奮了。

然而文善並非如過去常見的解謎推理一般，僅專注於謎團的營造與破解。讀者在閱讀過程中很明顯會感受到，在構成舞臺的新興高樓下、作者專業的金融理論背後，呈現的是都市現代化、經濟成長所帶來的無機質感，這樣的氛圍並非只用於故事背景之上，更與謎團、詭計，甚至是故事的核心思想連通一氣，成為作者想述說的一個大主題。

推理小說是與時俱進的小說，當時代影響人類的生活方式，推理小說的謎團、詭計，甚至犯罪動機背後的經緯也必定跟著改變，舊有的思想與機制被摒棄，由新事物取而代之。相信各位讀者與我一樣，讀完本書必定會有「這是新世紀才會誕生的推理」之感，裡頭的思維、科技、人物，都是新的。

請各位好好品嘗這部「老皮包新骨」的作品。

（我們做了！）

——

男孩踏著輕鬆的步伐經過書房時，冷不防被一個熟悉的聲音從裡面叫住。

男孩翻了翻白眼，但也只得退後，走過桃木門框進去書房。

「爸，你在家啊。」男孩恭敬地對坐在窗邊的男人說，他轉向和他父親一起的男人。「楊叔叔。」

「有人送了瓶蘇格蘭威士忌，便叫楊叔叔來試試。」父親倒了一小杯。「你也來一杯吧，我們剛好在談你的事。」

「我的事？」男孩接過威士忌杯坐下來，其實他已經大致猜到。

「你爸爸說你在和朋友一起創業，搞人工智能應用程式方面的生意，怎麼樣？融資安排好了嗎？」叫楊叔叔的男人笑著說。他十年前開始替男孩的父親管理資產，男孩從小就習慣常常見到「楊叔叔」在家走動。

「嗯。我們幾個朋友合資，資金暫時沒有問題，遲些會搞眾籌。」

「嘖，什麼合資，還不是我們幾個老頭子的錢。」男孩的父親不置可否。

「爸，我們用的是這幾年來投資賺到的錢。」

「呵？很不錯。」男人笑著點頭。「年輕人這樣很難得啦，不要對兒子太苛刻。你也不夠朋友啦，兒子的投資交給了誰？」

 (我們做3!)

「楊叔叔你不要開玩笑，我只是那一點點錢，而且現在也不流行找人做資產管理了，我們的錢都是用機械顧問[1]投資的。」

「喂，不要那麼沒禮貌。」

「不要緊。」男人揚一揚手安撫男孩的父親。「ETF[2]？」

男孩點點頭。「楊叔叔你也被搶了不少生意吧。」

「夠了。」

「哈哈，沒關係，也不是什麼秘密。」男人還是一貫地笑著。「不過……那只是一般人做的投資。」

「怎麼說？」

「你們年輕人自小就和電子產品為伍，在投資方面也會往那個方向，利用機械顧問也不足為奇。但是，我的工作，就是讓你知道，以你的身分，可以接觸到一般人接觸不到的投資機會。你投資ETF，那也不過是跟著指數走不是嗎？」

「可是人手操作的基金投資比不上ETF吧？這幾年的基金回報都很明顯了。」

「呵呵，那樣比的話當然，可是，」男人從容地呷了口威士忌。「這樣說吧，如果ETF是賭場內的角子老虎機，那我做的投資，就是真人在玩的賭桌。玩老虎機當然也可以贏大錢，可是那遠不及賭桌好玩。而我經營的，更是VIP賭廳，相比之下，角子老虎贏的，只是零錢。」

「……」從年輕人些微的表情變化，男人知道他動搖了。「我知道楊叔叔想說什麼，你是說你創立的那些私募基金，專門投資還沒上市的私人公司。我也希望有一天，我們的公司可以被楊叔叔的創投基金看上，但我認為我們公司還沒到那個階段。」

「如果我的基金也只是找些有潛力的公司投資，那你還沒很理解我們的運作。機會呢，」男人手指敲敲太陽穴。「是給腦筋轉得快的人。其實我今天來，就是和你爸討論一個難得的計畫。看準還沒有人看到的機會，設計利用那個機會的投資產品，現時依靠跑程式的機械顧問還沒能做到這一點。」

「可是以現時人工智能的發展，很快就可以追上。」

「那我們就找另一些機會啊，從來做生意就是這樣鑽空子的。創造，是人類的本能。科技，是成就和優化人類的創造。腦中能閃起的那一點靈光，是上帝造人的那一刻，親自吹氣給人類的天賦。」男人用五指比了一個爆發的手勢。

男孩沉默了半晌。「啊，我也該走了。楊叔叔你們慢慢談吧。」

「你有我的聯絡方法吧，我們有部門專門負責像你們那樣的初創企業。不論是財務還是法律方面的一條龍服務。」

「嗯，有需要的話務必請楊叔叔幫忙了。」男孩說著退出書房。

1. Robo advisor。一些金融機構編寫程式來分析投資者的投資回報目標和風險接受程度，並用程式來設定投資組合，並通過頻繁的投資配置來維持設定的回報和風險程度。
2. Exchange traded fund。中文為交易所交易基金或指數型證券投資信託基金。基金利用程式，根據預先定下的基準指數進行投資和調整投資組合。當基金達到一定金額的時候，建設系統的費用比用人手基金經理少，也就減少轉嫁給投資者的費用。

 (我們做3!)

離開時他聽到男人對父親說：「我明白在這樣初步的階段，要作那樣的投資承諾是有困難的，可是你也看到這幾年政府的政策，這個方向很有潛力……」

男孩不經意瞄了一眼父親的書桌，上面放著一本書。

書名是《我要做金融精英》，作者是楊安顏——就是正在和父親喝著威士忌的男人。

2

廣結人脈，距離成功先走近了一大步；你可能遇到你的伯樂，也可能遇上改變你一生的人。

——楊安顏《我要做金融精英》

那是一個天氣很好的日子。

一大早已陽光普照，半點烏雲也沒有，半點也沒。

學校剛開學，在我和朋友合租、位於布魯克林區的公寓，住著不少大學生——不久前我也是一分子，畢竟才剛找到工作，還沒能力搬到我夢想的曼哈頓區。在那個九月天的早晨，我和這區的學生，如常地擠上地鐵到市中心去。九月的紐約仍有點熱，可是這一年來，我已經習慣了穿襯衫領帶西裝外套出門，身體彷彿是會自動調節般，已經不會回到公司時已汗流浹背。

我如常地在八點鐘左右到達市中心，然後如常到一條巷子裡的家庭式咖啡店，買了三杯特大杯咖啡，如常地在八點十五分左右到達公司所在的電梯大廳，等候電梯到位於世貿大廈南座六十二樓的辦公室。

是的，說到這裡，你大概也會猜接下來會是個怎樣的故事吧。恐怖的極地求生？英

(我們做了!)

雄式的逃難故事？哈哈，很不巧，老天爺覺得我命不該絕，要不然那時候窩囊的我，應該會逃不出來吧。

我說我買了三杯咖啡，兩杯是給我兩個組長的。那時我在一家大型資產管理公司上班，被安排到一個負責新興市場金融產品的部門，那裡的員工也真來自新興市場——一人來自印度，一人來自南美，而我的直屬上司，則是一對姓佘的華裔夫婦。我不知道他們是加入公司時就已經在一起？還是因為辦公室戀愛而結婚？在我們公司，比起這些私事，我們更關心市場的走勢，和怎樣利用市場去設計一些能賣的金融產品。

不過我這對上司——我叫他們大哥大嫂——對我這個新人很照顧，入職的一年來我學到很多，雖說我們上班都不多談私事，下班後也鮮有聯絡，但其實每天十多個小時在一起，加上我父母早逝，又沒什麼親人，所以也就不自覺地把他們當成親人一樣，也對他們以大哥大嫂相稱，不是拍馬屁，而是真的尊敬他們。也因此每早我也會替他們買咖啡，雖然不少公司內都有後輩負責買咖啡的習慣，但是我可是打從心底裡願意為大哥大嫂買咖啡的。

「呀，不好了。」大嫂看著她的公事包說著，他們剛到辦公室。

「怎麼了？」大哥邊探頭看大嫂的公事包邊問。

大嫂從包包拿了一個塑膠袋出來，裡面有哮喘用的噴霧。「忘了交給幼兒園。」

大哥也露出「這下不妙」的表情。

大哥和大嫂的兒子剛上幼兒園，今年九月開始，早上都會先把兒子放在幼兒園才上班。

「醫生說桐桐有哮喘的徵狀，但不是太嚴重。」大嫂嘆了口氣。「但建議我們讓他帶著這個以防萬一，可是今早忘了交給老師。」

「一天半天應該不會有問題吧……」大哥說著。

「可是，倒楣事不就總是在這種時候發生的嗎？」大嫂是莫非定律的信奉者，不過現在看來更像只是出於母親單純的憂心。「萬一桐桐真是今天發作……」

「大嫂。」我走過去她跟前，作了一個扭轉了我們命運的提議。「不如讓我送去幼兒園吧，這就不用耽誤妳的工作，妳也不用整天擔心了。」做為部門中的後輩，平日我也會充當跑腿。

「也好，那就麻煩你了。」大哥把幼兒園的地址寫下給我，還畫了個簡單的地圖。「在這個地鐵站下車，之後大約三分鐘腳程就到了。這是我幼兒園的家長證，我現在會打電話過去說一聲。」

哦，對，我聽說過現在的幼兒園保安比監獄還森嚴。

就這樣，我丟下只喝了幾口的特大杯咖啡，帶著哮喘噴霧和大哥的家長證，看著大哥大嫂安心的表情離開了公司。

幼兒園和公司只有五個地鐵站的距離，也是在大哥大嫂住的地方附近。雖然和市中心這麼近，可是這一帶卻是幽靜的住宅區，兩旁都是維多利亞風的住宅建築，而那間幼兒園，就是在其中一棟這樣的房子改建而成，房子的院子則變成了遊樂場，有小型的塑膠溜滑梯、沙池和幾輛排得很整齊的三輪車。如我所料大門是鎖上的，按了門鈴後一名穿運動裝的女孩出來。照著大哥教我的，我在玄關登記了姓名，還給那女孩看了我的駕照核對身分，然後便把哮喘噴霧交給了她。這裡應該沒有太多小孩吧，我一說大哥兒子的名字，她好像就知道是誰。

「噢！我的天！」房子二樓傳來女人的慘叫聲。我下意識拔腿就跑上去，女孩只是看了我一眼，並沒有阻止，大概她也覺得這個時候有個男生一起會好些。

二樓傳出慘叫聲的房間像是職員的休息室，裡面站著一個外表端莊、用抖著的雙手捧著咖啡馬克杯的中年婦人。

「校長，怎麼了？」女孩問。

「天啊……」那校長看也沒看我一眼，隨手放下馬克杯後以雙手蓋著鼻子以下的臉，架著眼鏡的眼睛始終盯著牆邊矮櫃放著的小型電視機。由於電視機背對著我們，我看不到電視的畫面。

「校……啊，老天爺！」女孩走近校長時，瞄了一下電視畫面，接著她的臉色變得和校長一樣蒼白。此刻她倆就如兩尊銅像站在電視機前。

「呃，發生什麼事……」我走進房間內電視的方向，你也想到我看到的是什麼畫面了。

是的，就是第一架客機撞進世貿大廈北座後的畫面。

那像是一根剛被吹熄、還在冒煙的洋燭。我不記得我在那電視機前呆了多久，我下一個記憶，已經是我跑到一樓玄關準備離開，那時幼兒園的老師紛紛從課室探頭出來，想查看發生了什麼事，有些孩子也跟在後頭。

我的目光落在其中一個孩子臉上。

那是一個亞裔男孩，他抓著老師的褲子，躲在後面盯著我。那個眼神，突然給我一種和他的年紀不協調的感覺，像是有什麼要告訴我一般，也像是在給武士下達命令的國王。那對小童特有、圓渾清澈的眼睛，卻像是知道發生什麼事一般。

不用擔心，爸媽今天黃昏也會如常來接你的。我看著他清澈的黑眼珠，心裡這樣說著。那時候，我是真心相信那是事實。

畢竟那是一個一切如常的九月天哪。

當然，後來全世界都知道那不是一個尋常的九月天。那天之後，世界從此不再一樣。

因為想到地鐵可能已經停駛，我攔了輛計程車，很快便回到市中心，可是通往世貿大廈的路已被警方封鎖，計程車不能再往前進，有警察不斷指揮車子掉頭。

「老天爺！前面他媽的發生了什麼事啊？」計程車司機隔著擋風玻璃看著不遠處冒煙的北座，這時我才發現原來他沒有開收音機，所以沒聽到新聞廣播。「老友，你看這他媽的情況，我不能再前進了。你要在這裡下車嗎？」

猶豫之際，車外站著的人群傳來一陣騷動。有好幾隻手指向天空某一處，我也順著那些手望過去。

不可能。

(我們做了!)

那是一架飛機，一架看來飛得有點低的客機，一架看來飛得有點低、而且飛得有點快的客機。一架……

在還來不及再多想的時候，我和全世界這時盯著電視看的人，一起見證了第二架客機撞向世貿大樓南座的那一幕。

大哥大嫂！

我不記得我是怎樣地下了計程車，我有沒有付車資？那嚇呆了的司機有沒有收？我完全沒有記憶，我只記得下了車後我和附近大樓陸陸續續走樓梯下來的人潮，一起擠在街上。

我用手機先是打大哥大嫂公司的內線電話，如我所料沒有人接。

我撥大哥的手機，可是卻打不通。

我撥大嫂的手機，每按一下鍵我都在祈禱，幸好撥通了。

「喂？」

「大嫂！」謝天謝地！她背後很吵，像是在有很多人的地方。「太好了！你們都平安無事！剛才我打不通大哥的手機，嚇壞我了！」

「嗯，我們沒事，剛才樓上……這裡只是搖晃了幾下。你大……的手機……摔壞了。」大嫂的聲音斷斷續續地，看來是訊號接收不大好。

「你們正準備下來嗎？」

「還在看情況，現在我們這裡完全沒有遭破壞，有人打了九一一，他們說貿然下去反而危險，因為太多樓層了，而且說不定逃生樓梯有濃煙，要再看看才說。」

「好的，我在西街和巴克萊街交界！我在這等你們！」

「……」聽不到大嫂說什麼訊號就斷了。

我重重地喘了口氣。幸好，大哥和大嫂都平安無事，一會兒救援人員帶領他們逃生到達地面，擠過這些人群應該會看得見我吧，不，即使找不到我也不打緊。發生這樣的事，今天和明天的股市也會休市吧，也可能叫我們不用回公司一陣子。

有的沒的想了一會，這時我終於有心情看看身邊的人。大部分的人都是驚訝得說不出話，有的神色凝重地看著冒煙的大樓，有的像是在看戲一般，興奮地和旁邊的人邊口沫橫飛地談論邊比劃著，有很多還不知是不是認識的人擁抱著。

這時人群中傳出一陣歇斯底里的慘叫聲。

「湯姆——！」那是一個年輕金髮女孩，手中還捧著五人份的咖啡，塑膠袋的手環在她右手手肘的位置，裡面看來是早餐的貝果。合身的襯衫和鉛筆裙，儘管只露出小腿卻掩不住全身玲瓏的曲線，如果不是她的眼淚破壞了本來一絲不苟的化妝，我不得不承認，當時二十出頭的我，某程度上就是為了把這樣的女孩而進金融界的。

想也不用想，她的情人應該被困在被撞上的大樓中，不，說不定就是在被撞的那幾層。

她正想衝過去，當然是被警察攔著，其他行人也加入幫忙阻止。可是大家都像是怕被女孩手中的咖啡濺到，形成一幅在這種時候不應有的滑稽畫面。後來終於有人搶過她

(我們做了!)

的咖啡並丟在地上，一個有點塊頭的女人也在旁邊用力地抱著她。

大塊頭女人沒有說話，她什麼也沒有說，只是緊緊地抱著女孩，像是安撫著一隻受了傷的小動物般。旁人也一個個沉默下來，沒有人再說話。這個時候，任何安慰的話也都是多餘，只會顯得格外造作。

我看著兩幢從中間樓層開始冒煙的大樓，飛機是撞向大樓中心，也就是說，位於大樓中間的電梯槽和逃生樓梯已被破壞，身處被撞樓層以上的人，是不可能利用樓梯逃生了。

四周仍充斥著警笛聲和人群的嘈雜聲，可是在這街上的這個角落，像是以女孩為中心，形成了一個沉默的黑洞。

沉默的黑洞在這條街上不斷擴大，不斷吞噬著呆呆看著這一幕的每一個人。我也被那沉默淹沒，思緒彷彿都被這黑洞麻痺了。

一直到人群發出新一輪騷動。

「天啊！」

「他媽的！」

「老天！」

叫聲此起彼落，一時之間我還以為又有一架飛機要撞過來。可是當我抬起頭，腦中閃過的卻是和那時的狀況完全不協調的記憶。

去年夏天，我和一個女見習生約會，晚餐的甜點是一道舒芙蕾。女孩俐落地用湯匙在舒芙蕾中間開了個洞，然後優雅地把巧克力漿倒進洞裡去。

端上來時還高高挺著的舒芙蕾，很快便塌平了。

眼前的南座，在上午九點五十九分，從被撞的位置開始，就像舒芙蕾一樣，垂直地塌下。那個場景，使我麻痹了的思緒回復了知覺，最先在腦中出現的是大哥大嫂的臉。

他們怎麼了？有沒有在大樓塌下前逃出來？我邊想邊打大嫂的手機。

「你還在這裡發什麼呆？不要命了嗎？快走啊！」還沒有打出電話，就有人拉著我的手臂狂奔。

就好像電影的情節一樣，夾雜著瓦礫的灰塵，像原爆一樣的蘑菇雲向外擴張，我和那連臉孔也沒看清楚的人一起跑，巨大的灰塵從後追著我們。

我要走到哪裡？那可是整座大樓的瓦礫，我有可能逃過嗎？我會這樣死嗎？剛剛才陰差陽錯逃過一劫的我，始終也避不過死神嗎？那會是怎樣的死法？我可以想像到被車撞、火災，甚至被地下鐵輾過的死法，可是眼下這種情景，連電影裡也沒出現過。

「這邊！」在我又陷入無聊的想像時，後面隱約響起一聲叫聲。我回頭，原來是路旁便利商店有人打開門喊。我下意識地立刻衝進便利商店內。我差不多是以打排球魚躍的動作撲進店內的，當我伏在地上回頭時，蘑菇塵就在便利商店的玻璃門前掠過。

剛才和我一起跑的那人沒有進來。

他跑在我稍前一點，也因此沒有聽到便利商店的人叫喊吧，不，便利商店的人是看到他在店前跑過，才會探頭出來叫他的，可是卻被跑在後面的我聽到。

塵暴過後，外面整個世界也是灰色的。道路、汽車，還有倒在路上、不知是活人還是屍體，都被灰塵蓋著。偶爾看到有人走過，他們眼鏡歪倒，頭髮凌亂，本來光鮮的上班服也蓋了一層灰。

之後我的記憶都很零碎，我好像有和很多人一起步行走過布魯克林大橋，又好像走了好幾間醫院，想要打聽大哥大嫂的消息。最後，我和很多人一樣，在世貿遺址附近的牆上，貼上大哥和大嫂的照片尋人……

3

把握機會。老掉牙的話，寧願嘗試然後失敗，和怕失敗而不願嘗試，就是成功和失敗者的分別。

——楊安顏《我要做金融精英》

倫敦城西。

午夜剛過，劇場的觀眾已經散去，街上都顯得冷冷清清，因為附近的餐廳酒吧也大都已經打烊——除了酒吧「捕鼠器」。

「捕鼠器」其實也不是真的叫捕鼠器，而且也不真的是酒吧。它位於上聖馬丁小路和嘉域街附近的一幢公寓的二樓。因為在上演推理劇《捕鼠器》的劇場附近，所以漸漸就有了這個名字。那是一個一房公寓，可是房間的門總是緊緊關上；而客飯廳的中央放了兩張小沙發，四個角落則放了吧檯高度的小圓桌和高凳；開放式廚房的流理臺上放滿了一瓶瓶不同的烈酒，只剩下角落放著兩張椅子前的地方是空著的。

已經沒有人知道這裡是怎麼開始營業的，這裡沒有招牌，一直只是倫敦城西一個口耳相傳的地方。在這裡混小劇團裡的人，都聽過或來過這裡，漸漸也變成了給他們在演出後來到這裡喝兩杯，歇息沉澱一下的地方。

佘栢桐就坐在流理臺前的其中一個座位，在昏暗的燈光下，聽完眼前這個中年男人說著二十五年前在大西洋另一端發生的事。為了壓住內心的悸動，他啜了口剛才羅莎推薦的雪莉酒。

楊安顏——男人交給佘栢桐的名片上印著的中文名字，頭銜是巴拿金融的行政總裁。公司的地址，正是佘栢桐父母的故鄉崗康市。

看到崗康市這個名字時，佘栢桐感到心好像揪了一下。幾年前，他還在那個地方生活著。

楊安顏的出現是在三天前。第一次是在佘栢桐當主角的小劇場，他正在演出一幕獨腳戲，謝幕時他就留意到這個中年華人。他大約五十歲，穿著白色高爾夫球上衣，外罩淺藍色的休閒型西裝外套。坐在劇場入口旁的他有點刻意不要引人注目的樣子，可是那一絲不苟的服飾、還有他的亞洲人臉孔出賣了他。這是一個很隨便的小劇場，來看戲的人都穿得很隨便，而且大多是白人。

之後他也去看了佘栢桐另一個劇目的演出。他在一場戲中當人群中的一員，主角是曾經當過偶像歌手、小有名氣的演員，整個製作也有點像演唱會。

然而那天的演出發生了一點小意外。

「巴利那個他媽的笨蛋！」後臺的經理在怒吼。他頭戴著用來和臺前主要幕後人員溝通的耳機，也不理會所有人都聽得到他在罵，除了巴利。當布景的演員是不用耳機的。

和佘栢桐一樣，巴利也是那場群戲的演員之一，不同的是，他比佘栢桐早幾分鐘出場，因為他的角色是演一個拿著啤酒瓶的路人。男主角會隨手搶了來喝，說：「我要喝一點來壯膽。」然後男主角會拿著啤酒瓶當麥克風，對著女主角唱情歌。

就像偶像歌舞劇。

問題是，這晚巴利出場時，錯手拿了其他演員的罐裝啤酒。沒有酒瓶，唱歌的戲便演不下去。

「栢桐，你拿酒瓶出場！」經理繼續用吼的。「大衛！待會是栢桐拿著酒瓶，他會在你的後面！聽到就撥一下頭髮！」

大衛就是那個男主角。他輕輕撥了一下頭髮，觀眾只會覺得那是角色在耍帥的表現。他耳內也戴著受訊器，因為演出中可能會有突發狀況，所以監製都會在演出時給主角提示。其實更多時候是因為大衛常常忘了臺詞。

因為這個機會，讓佘栢桐從原本「路人」的角色，變成站在男主角後面，還會和男主角有交流。

也因為可以看到觀眾席，讓他看到在出口旁邊，那件淺藍色的休閒型西裝外套。

這晚佘栢桐在上演《捕鼠器》的聖馬丁劇場，不過不是上臺當演員，他只是劇院內的領位員。這是他很喜歡的劇目，雖然只是當領位員，但他總會躲在一邊觀看。劇院的人都知道佘栢桐愛看戲，所以都讓他負責二樓的包廂座位，那裡的視野最好。

剛開放入場後不久，佘栢桐就看到遠遠的那亞裔中年男人。

大概這是比之前大型得多的戲劇，男人這天穿上了正式的西裝，即使是隔了那麼遠，也看得出質料一流、剪裁完美稱身的高級訂造西裝，男人頸上繫著灰白色的絲質領巾，袋巾則是淡銀色的，一身打扮就和銀行站附近出入的那些銀行高層一個模樣。佘栢桐還留意到他拿著一支手杖。

男人的座位在二樓舞臺右邊的包廂第一排的位子。

男人坐好後，不斷緩緩地四處張望，沒多久視線便和在中間包廂的佘栢桐對上了，佘栢桐立刻裝作把目光移開，可是他眼角感到男人還是盯著他，而且這種感覺在表演期間也持續著。

謝幕時，佘栢桐溜到男人所在的包廂，當男人正要和其他觀眾魚貫地離開劇場時，佘栢桐輕聲叫住他。

彷彿彼此都知道不要引起注目，男人動作優雅地退到包廂的角落，和佘栢桐一起等觀眾散去。

「你找我？」佘栢桐用英文問。「我見過你幾次……在不同的劇場。」

「我只是一個戲劇愛好者罷了。」男人微笑著用帶有中文口音的美式英語回答。

「第一次見你，是在我演的獨腳戲。」佘栢桐轉用中文說，他已不記得有多久沒講中文。他一屁股坐在包廂第一排的座位上，雙腳用力地踏上地板，發出鈍鈍「咚」的一聲。「可是會一個人來那種小劇場的，除了是我認識的朋友來捧場外，就是劇評或是星探等行內人。如果是這三類人的話我一定會認得，可是我並不記得我認識你。」

他說的時候，視線盯著空洞的舞臺。
「昨天晚上你也去看了我有演出的劇目。」他轉過臉看著男人。「你是來看我的？」
「那不可以是偶然嗎？為什麼斷定我是來看你？」
「你知道倫敦城西每天有多少大大小小的劇目上演嗎？兩個性質完全不同的戲劇，而你卻『巧合地』看了那兩場只有我是共通點的兩套劇。」
「你都是這樣對你的戲迷嗎？」男人保持著他的微笑。
「今晚你來了，不過卻選了一個這樣的座位。」佘栢桐指了一下男人剛才的座位。「這真的是最糟糕的座位。今天並不是滿座，還有比這更好的座位空著，而且你還是一個人來，大可以買好一點的位子。不過如果你是來看我的話，那就說得通了。因為知道我是領位員，只有在這裡，才可以看清楚劇院的觀眾席，方便找到我的位置。」
男人沒有說話，只是滿意地點點頭。
「好浪費呢，這麼好的劇，都沒有好好欣賞。」佘栢桐嘆著氣站起來。「我還有點善後工作，你可以在這裡等我。」
之後佘栢桐便帶他來到「捕鼠器」。
「所以，」佘栢桐瞄了一眼羅莎的方向，她背著他們在料理下酒小菜。「我就是那個小孩？你就是那個下屬？你認識我父母？」
楊安顏微微頷首。「我在雜誌看到你的訪問，才知道你原來在倫敦。」他從西裝內

 (我們做了!)

袋裡拿出手機，叫出一份檔案，是那本雜誌的電子版。

其中一段是佘栢桐的訪問，黑白照片映著七分臉的他，鏡頭剛好捕捉到他一臉認真地在說話的樣子。

命運，就是這麼奇妙。如果那天來幼兒園的，是我父母而不是他們的下屬，那我也不會變成遺孤。沒想到，一個小小的哮喘噴霧，改變了四個人的人生。

——佘栢桐（演員），父母當時任職於南座六十二樓

在他的臉旁邊的，是這一段美術字。

佘栢桐別過臉去，再喝了一口酒，可是不小心被嗆到。

「我也想不到，我的人生也是因為這個哮喘噴霧被改變。」楊安顏看著那段字說著。「對吧？」

「嗯，那是我唯一的訪問，還要是和演戲無關。」佘栢桐冷笑一下。那是一篇有關九一一事件遺孤的專題，二十五年前的小孩，現在都長大成人，那個記者找到幾個這樣的孩子，佘栢桐就是其中一個。裡面提到那天他在幼兒園，有個人替他父母來送東西，如果那天是佘栢桐的父母親自己來的話，他的一生就會改寫。「我在這裡幾年了，而且我大學還是在崗康市唸的。」言下之意，是你這個有錢人要找的話，沒理由現在才找到我。

楊安顏嘴角微微向上揚，他的表情總是只有那麼一點點。「我承認我沒有嘗試找過

你。二十五年來，我一直避開和九一一有關的人與事，我從來不會參加每年的什麼紀念哀悼，三十歲後我更離開了美國，自立門戶開了現在的公司，實踐我的理想。」

「恭喜。」

「對不起，我應該早點找你的，畢竟佘大哥和大嫂當年那麼照顧我。」

「沒關係，我過得不錯。相信我父母當年對你好，也不是為了要你來關照我。」

「真的嗎？」

「什麼意思？」

「你真的過得好？你靠演戲賺不了多少錢吧？我看你還有其他打工。」

「我知道你有錢，可是不能只用錢去衡量生活。」佘栢桐把雪莉酒喝光。

「好，那我們不談錢。我這三天來看了你有參與的劇團，老實說，雖然我不懂戲劇，但我看得出你是個好演員，可是我不認為你在戲劇界會有什麼前途——至少在我可見的未來。如果你覺得演沒什麼人看的獨腳戲、當當小角色、或是在劇場當領位員是很有意義的生活的話。」佘栢桐沒有回答，雖然從來也沒有人這麼直接地對他這樣說，可是這個念頭很早就已經在他腦中出現過。

楊安顏把手機推到佘栢桐面前，看到自己在雜誌上的照片，佘栢桐不自覺地皺了皺眉。

「你這是真的嗎？」楊安顏突然說。

「誒？」

 (我們做了!)

「你是認真的嗎?要做到這個地步?」

「你是什麼意思?」佘栢桐坐直身子。

「以正統舞臺劇演員為目標的你,竟然像半紅不黑的B級電影明星,為了讓人記得自己,在雜誌上出賣自己的過去。九一一事件遺孤這個身分,到現在才利用,想必你已有改變人生的覺悟了吧。」

佘栢桐注視著楊安顏的臉。他的雙眼看起來很清澈,兩邊嘴角微微向上,一副內斂和自信的笑容。佘栢桐不敢移開視線,也不想亂說話,只在等他接下來會說什麼。

「來我公司工作吧。」

「誒?」佘栢桐還以為他會說什麼有關當年的事,沒想到楊安顏會突然轉換話題,還叫他加入他的公司。「我?你要我去你公司當個跑腿小弟嗎?那和在這裡當跑腿有什麼分別?我還不如留在這裡。」

「不,我會培訓你成為一個『金融精英』,你的薪水會是你現在的好幾倍,可能更多。」

這個大叔是認真的嗎?「你沒有調查過嗎?我大學唸的是英國文學不是唸金融,畢業後就進了戲劇界,最接近的,大概就只有在律師事務所打過工……」

「那沒關係。」楊安顏插話。「我的公司要的是人才,而我對人才的定義,並不是社會上一般人的看法。如果我和其他人一般見識的話,我的公司也不會這麼成功。」

聽起來也好像有點道理。

「我看重的是學識以外的特質，只要那個人有我要的特質，我就能培養他成為我的『金融精英』。」

聽起來有點近乎自大的言論，佘栢桐打量著楊安顏，雖然這個人自大得起，可是在佘栢桐內心某一角，隱隱感到有點不安。

「決定好回國的日子就通知我，我會為你安排。」就是這種語氣，楊安顏一直都沒有詢問的意思，而像是下命令一般。對於他這樣的態度，佘栢桐心裡有很多不同的解讀，可是他不想給楊安顏看出半分。

「羅莎，妳怎樣看？」楊安顏放下五十英鎊紙幣離開後，佘栢桐問在流理臺另一端的女人。「別說妳沒有聽到剛才的話。」

「他說得對。」羅莎轉過身來。「你來這裡已經……三年？這三年來，你覺得你的演藝事業有沒有很大的進步？你不是連大製作的配角也沒有演過嗎？」

「是的……唔……可是這個楊安顏……奇奇怪怪的……」

羅莎收起佘栢桐空空的酒杯，換了一杯冰水。「不過，看來阿桐你擔心的不是這個……啊，茱麗葉！」

當然不是只擔心那個楊安顏是個奇怪的大叔。佘栢桐想著。

等等！茱麗葉？佘栢桐猛然望著身邊的人。

「哈哈，很久沒有人這樣叫我了。羅莎，給我一杯蘇格蘭威士忌，加一點水。」

「茱麗葉不能喝那個，今晚就喝莫吉托吧。」

(我們做了!)

「羅莎，妳還是老樣子。」

佘栢桐目不轉睛地盯著他身後的這個人。「你……就是那個茱麗葉？」

「捕鼠器」酒吧不是真的叫捕鼠器，叫茱麗葉的這個人當然不是穿越時空的義大利美少女。更甚地，眼前這個人，是一個以洋人來說個子不高，還有點微胖的紅髮男人。

佘栢桐只是在「捕鼠器」聽過其他人提起這個傳奇人物。十年前有個小型的實驗劇場改編了《羅密歐與茱麗葉》，可是角色都是反串演出。而演茱麗葉的是一個新人，可是他的演出驚為天人，眾人都在談論著臺上的他是那麼美得令人窒息，可是他不是只有美麗的造型，他的眼神、一舉手一投足，甚至是聲線，都把青澀的少女茱麗葉演活了。而當大家都以為這個茱麗葉不是同志就是所謂那些都市美男時，事情卻來個大反轉。現實生活的他，卸妝後是個外表平凡的紅髮愛爾蘭男孩，還有一個未婚妻。和很多小劇團演員一樣，當時的茱麗葉也有正職，他是一間資訊企業的程式員。

《羅密歐與茱麗葉》上演後，很多人也期待著茱麗葉的下一個演出，究竟那會是同類的反串角色？還是他又會給觀眾新的驚喜？

但是那並沒有發生。

《羅密歐與茱麗葉》後，他和未婚妻結了婚，然後就從戲劇界消失。

傳說是在《羅密歐與茱麗葉》上演之前，他就和未婚妻約定，那會是最後一次的演出。結婚後他會好好地當一個程式員。

佘栢桐沒想到，會在這裡遇上他。

「什麼風吹你來？」羅莎放下莫吉托。「是終於受不住當程式員的生活想回來？」

「只是突然想見見老朋友……」茱麗葉笑著說，佘栢桐知道那不是全部。

吧檯的兩個人都沒有再說話，羅莎在他們前面抹杯子。

「不過……程式員是當不了，那是真的。」隔了一會，茱麗葉再開口。「我剛被解僱了。」

羅莎抬起頭。

「十年，一句盈利不夠要精簡架構，決定把整個部門外包，公司給我們兩個選擇：過渡到外包公司，或是拿一筆遣散費走人。」

「那你要怎麼辦？」羅莎問。

「我也不知道……」

「你知道過渡到外包公司是什麼意思吧？」佘栢桐開口。「外包公司接下外包合約時和你公司有協議，一定要讓原來的員工過渡而不會失去工作。可是，隔一陣子他們就會以各種理由遣散過渡的員工。」

「可是……到時候他們還是要付遣散費不是嗎？」

「到時候遣散費就不是根據十年的年資了。」佘栢桐感到「捕鼠器」其他人的視線而有點緊張，他喝了口冰水。「當你過渡到外包公司時，應該會當是從舊公司離職。假設外包公司半年到一年後解僱你，他們只需要給你相對半年到一年年資的賠償金。」

「那……我應該怎麼辦？」

「呃，很難說，以你十年的年資，賠償金也差不多有大半年的薪水吧？以金額來說可能還是差不多。所以要考慮的還有找新工作的難度，外包公司是不是有名的企業？有沒有可能留在外包公司久一點……等等。」

「哇，阿桐你為什麼會懂那麼多？」連羅莎也忍不住投向欣賞的目光。

「我曾經在律師事務所兼職，常常會接觸到合約文件之類，看得多就會發現這些都有一個模式。」

「那你看到的那些人都怎麼做的？」

「各種做法都有，所以我才說要考慮其他東西。」

「不要想了。」羅莎不知何時自己也調了杯莫吉托，她拿著輕輕和茱麗葉碰杯。

「今晚，你是茱麗葉。」

「茱麗葉……」茱麗葉吞下一口莫吉托。佘栢桐發現他的眼神有點變化，由有點疲態的失意中年，變得多了一份年輕人的光芒，但又有一份哀愁。

「名字算什麼？」他唸著這句著名的臺詞。這一刻，在這個紅髮中年身上，茱麗葉的身影和他重疊。「我們稱為玫瑰的，即使換了名字，還是一樣的芳香……」

4

想想你是為了什麼要當一名「金融精英」，如果只是用來在夜店把妹的話，你只需要一套名牌西裝和昂貴的腕錶。

——楊安顏《我要做金融精英》

「哇！好漂亮的戒指！這有沒有三克拉啊？」女孩高八度的聲音在咖啡店內響起。坐在對面桌喝著咖啡的周明輝也不禁抬頭。

在窗邊的那一桌有五個二十來歲的女孩坐在那裡，一個女孩的左手舉在半空，其他女孩都注視著她手上的鑽戒。雖然隔了這麼遠，但周明輝都好像看得到那鑽石閃著的光芒。

「妳真是幸運呢，遇到這樣一個在投資銀行工作的金融精英。結婚以後就可以不用工作享福了。」其中一個女孩說著，伴著的是其他女孩此起彼落的讚嘆聲。

「金融精英」這四個字顯然引起了周明輝的興趣，他立刻豎起耳朵用心聽著女孩們的談話。

「她和他交往的時候也已經是在享福啦！」另一個女孩笑說。「他總是帶她去高級餐廳，又到處去旅行，現在又要在古堡舉行童話式婚禮，真是羨慕死人了！」

「什麼羨慕不羨慕的？」女孩終於把手放下。「妳不是也在和醫生交往嗎？」

「唉，不要說了，他總是在醫院忙，根本連約會的時間也沒有，而且除了醫學以外對其他的事也不感興趣。他常說，現在醫院逐步用電腦看診，他還不用省下的時間參與研究，就快要被踢走啦。還是金融精英好，因為工作關係常常出入高級場所，來往的都是媒體常見到的企業老闆、明星和社交界名人，生活又有品味。」

「其實……」另一個女孩稍微俯身向前。「投資銀行是什麼？和我平日去存款的銀行又有什麼不同？究竟什麼是金融精英？我在媒體常常看到，好像女明星如果不是嫁入豪門就是嫁金融精英的……」

「唔……能夠進入投資銀行，一定是一流大學畢業的。最重要的是，他們不是有錢靠父蔭的笨蛋權貴二代，他們都是靠自己的實力賺大錢，常常和企業高層出入高級餐廳，週末就去夜店開趴。除了口中常常掛著商業用語，對紅酒、雪茄、跑車、名錶都很有研究。總之就是年輕有為啦！」

「那我也明白……可是具體他們是幹什麼工作的？」

一時間所有人都靜了下來，看來沒有人知道什麼是「金融精英」，包括那待嫁的女孩。

這時傳來一陣急速的高跟鞋腳步聲，一名架著眼鏡的女孩快步走向她們那桌。

「對不起，我遲到了。」

「妳來得剛剛好。」和醫生交往的女孩說。「她呀，真是『問題女孩』，剛才在問什麼是投資銀行金融精英，妳這個會計師給她解釋一下吧。」

「啊，簡單來說投資銀行就是替企業融資，例如發行股票債券，或是幫助併購之類。金融精英嘛……嚴格來說就是從事這類工作的人囉。」女孩隨手拿了其中一杯水來喝。

「嚴格來說？」

「嗯，因為一般人都對金融行業不熟嘛，投資銀行家股票分析員基金經理投資顧問私募基金私人銀行初創基金，這些名詞一大堆，大部分人都不知什麼是什麼。媒體不是常常報導誰誰誰嫁給金融精英嗎？那些女明星要面子，不能說自己嫁給普通上班族嘛，只要工作稍和金融業沾上邊，就被寫成金融精英了，對啦，就連妳未婚夫也可以被當成金融精英耶！」

空氣突然間凝結。周明輝很想再轉身看，他知道現在那些女孩的樣子一定很有趣。

「什麼意思？」女孩戴著訂婚戒指的手握著拳頭。「他在投行工作的。」

「投行的財務部，他是會計師，不是銀行家。」戴眼鏡的女孩舉起手指。「我事務所的同事，和他正巧曾在別的會計事務所共事過，她看到妳寄給我的婚紗照認出他來，這世界也真小呢。」

「所以是欺騙嗎……」剛才問什麼是金融精英的女孩小聲說。

「又不能說欺騙。」戴眼鏡女孩說。「現在企業都精簡人手，能進入那裡的財務

 (我們做3!)

部，他也不簡單耶，只是他不是從事一般人以為很華麗的銀行家工作罷了，那裡薪水和花紅也很不錯喔。對了，快些介紹他給我認識，如果那邊徵人就請他關照關照啊。」戴眼鏡的女孩繼續說，完全沒有留意坐在她對面的準新娘子，臉色非常難看。

「所以即使不是高級懷石料理，但也是用料扎實的生魚片蓋飯……」問題女孩還是不識趣地說著。

這時周明輝的客戶進來咖啡店，周明輝微笑站起來。

那我算是懷石料理還是生魚片蓋飯？他和客戶握手時邊想著。

5

做為專業的金融顧問，首要是要懂得公私分明。可能你今天心情糟透了，可能你和戀人吵架，可能你小孩生病，可能你剛發現自己得了病。但是我必定要告訴你這個殘酷的事實：客戶才不管你自己的問題，他們關切的問候背後，要不是在想找誰去取代你的工作，就是在想如何利用你的弱點，為自己賺得更多好處。

——楊安顏《我要做金融精英》

以公司的規模來說，這個會議室確實是有點太大。

每一次來到這裡，李秀兒腦中都不能避免地會閃出這個念頭。因為位置的關係，會議室沒有窗，格局也是傳統的四面牆壁，還要漆上不知應該叫暗黃還是淡啡的顏色。稍微現代化一點的設計，都會用上落地玻璃去增加採光吧。

李秀兒下意識地摸摸耳朵，這是她不自覺的習慣，可是總是改不了。

她看了一眼手機，今早公司傳來的新聞摘要已看了一遍，重點也都記住了。那是因應每個人的日程去「量身訂製」的摘要，都是和將要見面的客戶有關的新聞。

「不好意思，要妳久等了。」一蓄著平頭裝的男人笑著走進會議室。男人四十多歲，長袖襯衫的袖子摺到手肘，配上淺色的卡其褲，典型的辦公室輕裝打扮。「其實妳不用親自上來，合約妳請人送到我辦公室就可以嘛。」

「沒關係，而且最近因為公司搬遷的事，大家都在收拾。」李秀兒回了一個禮貌的微笑。「我不希望有什麼閃失，畢竟是這麼大的計畫。」

「所以我從來就對你們公司很放心！」男人自以為瀟灑地雙手扠著腰，肚腩有點突出，他環顧會議室四周。「下一步我們想要裝修一下辦公室，這些都是上一個租客留下的，太不合時宜了。」

李秀兒沒有對這個話題再說下去，她拿出一個絲絨盒子，上面印著一些花紋。「王總，這是合資企業的股權認購協議，就是把閣下公司現時擁有的知識產權和技術，轉讓到合資企業的名下，來換取合資企業的三分之一股權。」她把盒子打開，裡面放著一張記憶卡。

「對對，就是說我現在的公司就會成為控股公司。」

「是的，因為之後公司的主要業務都會集中在合資企業發展的項目上。之後賺到的利潤也是根據股權分配……不過那是之後的事，因為目前的項目還在起步階段。」

「呵呵，這幾年都在創投圈裡，這些不用解釋我也滿熟悉了。再說這次幸好有你們公司協助我們找到這樣雙贏的融資方案，否則沒有新的資金，即使技術再好也不能發展下去。對了，我今早看新聞，說什麼政府可能有新措施什麼的，詳細是什麼來的啊？會不會對我公司有影響？」

來了，李秀兒心想，她先是禮貌地點點頭，讓客戶知道她明白他在說什麼。本來她想按一按耳朵，幸好止住了。

「嗯，不用擔心，那是限制本地企業在二手股票和基金市場上的投資。政策主要是限制非投資企業運用流動資金和壓止一些以企業名下的投機炒賣，國家希望資本能運用在一手股票市場的融資，或是投資在具發展性的項目上。當然那是針對大額的投資，但具體金額上限還沒有定案。」李秀兒一口氣唸出之前在腦中演練過的「臺詞」。

「這個我知道，但是我記得還有一個修改基礎建設定義的提案，這會不會對我們的項目有影響？」

李秀兒一怔。基礎建設？

今早除了公司準備的摘要外，也有稍微看過新聞，可是無論是財經還是時事版都是在談投資限制的新政策，印象中沒有什麼修改基礎建設定義啊。

「基礎建設……讓我想想，我印象中有看過……」李秀兒故作鎮定，其實她已緊張得不得了。「啊，對了，你是指大橋建築那個訴訟？」

「對對，我記得是什麼橋。」

好險！李秀兒整理一下呼吸，不能讓客戶感到她有半分緊張。「那是西北那邊的訴訟，法院昨天的判決很可能影響項目中有關基礎建設的定義，政府很可能因此而修例避免紛爭。我們有關的律師已密切留意中，由於我們的項目還在草擬階段，有什麼政策上的改動，律師也可以更改項目合約的細節去確保最大利益。」

 （我們做了!）

真是的，竟然還會去留意這種小新聞。

「太好了，本來我也沒想到妳會知道。連這種事的對應也那麼迅速，果然和你們公司合作是萬無一失。」

「那我先回公司，有什麼事再聯絡。」李秀兒拿起手提包和公事包，這時有個東西從手提包中掉了出來。

「啊，妳掉了東西。」男人幫她拾起，那是一個鎖匙扣，不過並沒有拴著鎖匙。

「謝謝。」李秀兒想拿過鎖匙扣，可是男人並沒有要還她的意思。

匙釦拴著一個壓克力膠製的小牌子，裡面嵌了一張照片。那是一個繁忙的馬路交匯點，照片中心是一座不大高的、有點像三角形的建築物，建築物外牆都是閃閃發光的商品廣告，就像一個巨大的三角形閃燈罐頭。

「Pi—ca……」男人試著唸上面的英文字。

「Piccadilly。」

「那是英國倫敦吧？」

「嗯，朋友旅行送給我的伴手禮。」李秀兒接過鎖匙扣匆匆放回手提包，她已顧不得這刻流露了焦急的真性情。

「男朋友？」男人調侃著。

「不是，只是學弟。」李秀兒盡量答得簡短。「送給我時隨意丟進手提包中，都沒有在意。哈哈。」

「我前幾年到過倫敦，可是只是匆匆地參加會議，只看過大笨鐘而已。沒有到過那裡，看來像是娛樂區呢。」

「嗯，還是倫敦有名的劇場區。」說完李秀兒才發現，自己的口比腦袋快，可是已經太遲了。

這是最不該說的，李秀兒後悔著。對客戶，最好不要提起任何私事，這是她入職第一天便被耳提面命的。

所謂金融精英，無論男女，都要變成一匹狼，只能對獵物有興趣。因為我們的客戶，也是一匹狼，只有這樣，才能一起得到最大的利益。當你被看出對其他東西有興趣時，那很可能變成你的弱點，而被知道弱點的，不再是狼，而只會是獵物。

6

不懂得要往哪裡看的話，站得再高，也是徒然。

——楊安顏《我要做金融精英》

「桐桐，是你喲。」平板電腦映出一個慈祥洋老婦人的臉。「你今天沒有演出？」

「校長妳好，希望沒有打擾妳。其實……《補鼠器》那邊我辭職了……」佘栢桐告訴老婦人有關楊安顏到劇場找他，說看到了雜誌的訪問，說起當年九一一事件的往事，還有叫他回去崗康市工作的事。

「校長妳覺得我應不應該回去？」看到校長在聽自己說的時候眉頭稍微皺了一下，佘栢桐就像個自知做錯事的小孩子在探問大人的口風。

「那是二十五年前的事了，我已不是你的校長啦，這種事你自己決定。不過……」

老婦人就是二十五年前佘栢桐就讀的蒙特梭利幼兒園的校長，佘栢桐那一屆對校長來說特別深刻，因為九一一事件，那屆除了佘栢桐外，還有幾個學生在一瞬間內失去了雙親。不過佘栢桐的情況比較特殊，他在美國沒有親人，在國外的祖父母來到美國後，本來以為是要把他接回去，可是他們說桐桐在美國出生，希望他留在美國。後來他們找到桐桐在聖荷西的「乾爹乾媽」，願意照顧桐桐。

對此，校長當年非常不放心，怕只是有人收了佘栢桐祖父母的錢，不是真心要照顧他。校長決定親自帶佘栢桐到聖荷西，心想萬一有什麼不對勁就帶他回紐約。幸好那對夫婦是佘栢桐父母博士班的後輩，男的是某大企業的工程師，女的是家庭主婦，他們也有一個比桐桐年長三歲的兒子。和他們詳談後，校長也放心把桐桐交給他們。

之後校長都有和他們聯絡跟進佘栢桐的情況，後來佘栢桐長大一點，就親自寫電郵和傳照片給她，偶爾也會透過視訊通話。

「你有查過那個楊安顏的底細嗎？」

「嗯，上網看了一點，網上的照片來看，和來找我的是同一個人沒錯。」

「那你是決定不再演戲了嗎？」校長的臉再靠近鏡頭一點。「還是有其他原因？」

「……哈哈，果然瞞不過校長。我是想確認一下……楊安顏這個人，究竟葫蘆裡賣什麼藥。不過如果楊安顏那邊真的是單純想關照我這個後輩，而又真的賺到錢的話，說不定我幹幾年，可以存夠錢經營一個小劇團。好歹我爸媽也是華爾街人，說不定我也有那個能耐。」佘栢桐笑著說。

「……你已不是小孩子，我相信你的想法，不過我還是得提醒你小心一點。這個人好像很可疑……對了，前陣子有人問起你的事。」

「是這個人嗎？」佘栢桐舉起手機，屏幕顯示的是楊安顏的照片。

「……我不記得了。那個人說是什麼華人網媒，看到雜誌有關你的事，想做一個更深入的報導，問了我很多當時的情況，說是要以多角度來寫那篇故事，又問我有沒有其他人記得那時候的事，我都說太久以前的事所以不大記得了。真是的，我也叫你不要那樣對記者說的……」

那個人說不定是楊安顏，佘栢桐想。他特地去找校長確認自己就是那個小孩。

「所以你要小心點。」校長突然冒出一句。

「我會的。現在只是去看看而已，再決定是否搬回去。」佘栢桐也感受到，她說話時的語氣和平日很不同。「說不定今年聖誕節可以給校長買份像樣的禮物呢。」

小劇場裡，這晚少有地擠滿人。

「謝謝！我會掛念大家的！」深深地鞠躬後，佘栢桐接過觀眾送上的花束，然後給那人一個擁抱。

走下獨腳戲的小舞臺，佘栢桐直走到角落的座位，坐在那裡的女人對佘栢桐的舉動有點詫異。

「原來你看到我。」女人輕輕地擁抱佘栢桐。「很精采的演出。」

「布絲妮大駕光臨，我怎會看不到啊？」佘栢桐坐下來。「什麼風吹妳來？」

「聽說你要走了，所以來看你最後的演出。」布絲妮呷了一口紅酒，一頭微鬈的金髮遮蓋了她的臉，佘栢桐看不到她的表情。和記憶中一樣，她穿著剪裁合身的連身背心裙，西裝外套脫了下來擱在椅背上，三吋高跟鞋，仿如她修長小腿曲線的延伸。

 (我們做了!)

「謝謝。」會知道今晚是他最後一場演出，她一定是看了劇場的網頁，佘栢桐在這裡的獨腳戲演出，每季也會更新劇目，偶爾也會放一些資訊、照片等等，可是那個陽春的網頁沒有訂閱功能，會那麼適時地知道有關他最後一場的資訊，布絲妮一定是常常去瀏覽那個網頁。

「之後在哪裡演出？」布絲妮以為佘栢桐離開是去另一個劇團。

「不，我會回去崗康市。」

「何時離開？」布絲妮問。

「下星期三。」

「那麼急？行李都收拾好了嗎？」

「差不多，先去看看情況再回來，再決定下一步怎樣。」

「……本來我準備了禮物給你。」

「本來？」

布絲妮靠近佘栢桐的耳邊，他可以感到她呼出的鼻息。「可是忘了在家裡，要不要過來拿？」

「你要不要洗個澡再回去？」一絲不掛的布絲妮從浴室出來，對倚在窗邊、看著倫敦夜景的佘栢桐說。這時她看到佘栢桐在把玩手中的東西。「你喜歡那個嗎？」她問。

「原來真的有禮物給我耶，謝謝呢。不過好像太貴重了吧。」那是一個純銀製的錢夾。

「你以為我是騙你來的嗎？」布絲妮把下巴擱在佘栢桐的肩上。「沒想到時間剛剛好，你回去正好用得著，就帶著它在身上吧。」

「外面很美……可以看到倫敦眼耶！高層豪華公寓真的不一樣。難怪一直以來，人們都不斷要挑戰摩天建築，要住進最高的公寓，在高層辦公室工作，建最高的建築物……」佘栢桐微笑。「每晚看著這樣的景色，會捨得去睡覺嗎？」

「對喔，你沒有來過這裡。」布絲妮穿上了家居服，架上眼鏡在盤髮髻。「嘖，什麼看到倫敦眼，只能看到那麼一點點。」

然後她從包包拿出平板電腦，開始閱讀文件。布絲妮是國際律師事務所倫敦辦事處的合夥人之一，主力企業事務。佘栢桐曾經在那裡打過工，也就是那樣認識了當時還沒當合夥人的布絲妮。

隔了一會，她發現佘栢桐沒有作聲，他還是那樣站著看著窗外。

「妳記得嗎？妳說過有一天，會住進能看到這樣的夜景的地方。」佘栢桐終於轉過頭來，看著剛才和他纏綿的女人。「沒想到三年不到，妳便做到了。」

「說不定你很快也可以啊。」布絲妮不停掃著平板電腦的屏幕。「楊安顏的名字我也聽過，他的巴拿金融是近年亞洲冒起得很快的商人銀行和資產管理公司，不過好像還沒涉足海外投資……巴拿金融的網頁，只有他的照片，都沒有他團隊的介紹，和其他同類的公司網頁很不同耶……網上有不少他的訪問，他在美國大學畢業後在華爾街工作過

(我們做3!)

一陣子，不過關於他在美國的事都是輕輕帶過，他說和你是什麼關係來著？」布絲妮放下電腦、摘下眼鏡並繞到佘栢桐後面抱著他。

佘栢桐什麼也沒有說，只是輕撫著她的手，轉過頭來親吻了她一下。

「不過，沒想到你竟然會想當金融精英，當年叫你考法律學院當律師，你又不肯。楊安顏究竟開出了什麼條件？」說著布絲妮又開始吻佘栢桐的頸。

「妳不是要看文件的嗎？」佘栢桐輕輕挪開胸前布絲妮的手，伸手過去拿起她的平板電腦，並逕自開始看起來。「連電子化最慢的律師事務所也摒棄紙張啦……喂，這個條文沒問題嗎？」

「嗯？哪一條？」布絲妮湊過去。

「這個……看來賣價中很大部分是基於這企業未來的業績，可是合約對業績的定義好像有點模糊。」

「嗯，對喔，讓我記下來。真是的，他們竟然看不到。」布絲妮在文件上劃著，然後側躺在床上。「……好像回到以前。」

「嗯？」

「以前……你來我家，也是這樣替我看文件。」

佘栢桐看到布絲妮的目光，彷彿看穿她在想的，他故意別開視線。

「你回去崗康市，是為了找她嗎？」終於她先開口。

「不是。」雖然佘栢桐肯定地說，可是他看出布絲妮並沒有相信他的話。

「算了。」布絲妮坐好在床上，雙眼回到平板電腦上。「我就知道，我不可能成為你的她。」

佘栢桐移到她旁邊，輕輕地拿走她手中的平板電腦，她還沒來得及說話，他的唇已印在她唇上，手也開始在她身上遊走，慢慢伸進她的上衣裡……

她知道，她不能成為他的她；他也知道，他早已經不再是那個他了。

7

聰明人當機立斷、行動迅速；智慧人當機立斷、行動迅速，而且不會忽略任何細節。

——楊安顏《我要做金融精英》

崗康市是個背山而建的內陸城市，有條崗康河從西向東貫穿市中心。早期因為河道讓崗康市成為內陸城市樞紐，在河畔的南面發展起商業中心，市政府和商業活動都集中在那裡，所以一直以來崗康市的重心都是在河的南面。河的北面是崗康大學，也就是佘栢桐的母校。圍繞著大學的是老舊的社區，從大學往北走，用走的大約半個小時，就可以走到崗康山，那裡有個展望臺。佘栢桐記得，大學時代他常常騎腳踏車到那裡，一邊瞭望著崗康市一邊看書，或是和戲劇社的同學在那裡喝酒。

現在到崗康市比幾年前方便很多，因為經濟發展，在距離市中心三十分鐘車程的地方興建了機場，所以只要從倫敦飛回國，再轉乘內陸航班就到得了。

楊安顏一早為佘栢桐安排了機票，出發前一星期佘栢桐跟著名片的電話打給楊安顏，沒想到都是他親自接聽，看來那名片不像是隨便發出去的。佘栢桐以為楊安顏會安排人去接機，但他只是給了飯店的名字，說飯店有機場接送服務，叫他和飯店安排。

三年，佘栢桐沒有想過，只是離開了三年就回來了。本來以為自己會獲得貴賓待遇的佘栢桐，心裡涼了一截，但想到畢竟他是回去跟楊安顏打工，也就不敢太囂張。

一走出機場，佘栢桐便感到那股熟悉的悶熱感覺，剛才還殘留在皮膚上的冷氣一下子蒸發，彷彿立刻轉化成黏黏的汗珠。

飯店是國際連鎖集團，雖然只有他一個乘客，飯店還是派出那機場接送專用的小型巴士。

一路上，佘栢桐看著車窗外的景色。從機場通往市中心的高速公路也是新建的，接近崗康市時，佘栢桐發現公路兩旁有很多新建的、零零星星的住宅區。這時已遠遠看到市中心有越來越多高樓大廈，很多新建的大樓他都沒有見過，但現在這些大樓彷彿都被蓋著這一層陰影，從抵達那一刻開始，崗康市就被厚厚的烏雲籠罩著，使得大樓的外牆不管原來是什麼顏色，現在看起來都是灰灰藍藍的。

「你也真幸運，颱風快來了，如果你是明天才到的話可能航班會取消呢。」司機說著。「哼，現在的天氣真奇怪，我在這裡住了一輩子，都沒有聽過這種什麼內陸颱風。新聞說這在美國滿常見的，對了客人你是美國來的嗎？有沒有見過？」

「沒有，我不是美國來的。」一有的沒的邊應著司機，佘栢桐邊看著外面，雖然還沒有下雨，可是倒有風暴來襲前的那種感覺，雖然巴士內有空調，可是空氣裡還是充斥著那颱風前的悶熱氣味。

一進入市中心，就可以看到街上都是國際品牌的食店商店，偶爾還會見到一、兩個洋人，只是短短幾年，崗康市已漸漸從當年那個三、四線城市變身成一個國際都會了。

「誒？那些是？」佘栢桐走到司機座旁邊，指著在河的對岸、一排排的樓宇。

「啊，那些是新建的住宅。以前在大學附近的那些舊社區，都拆卸了重建成新式的住宅大樓喔。現在啊，房價可貴了，從前買一棟房子的價錢，現在只能在那大樓買一個小套房了。」

「有那麼多人住嗎？」佘栢桐看著那些多層住宅大樓。

「你不知道嗎？崗康市現在是重點發展城市，政府要開發河北的地方，打造成新型的都會，那些什麼初創企業，都來這裡成立總部，這裡又有機場又有大學，所以這幾年也越來越多人從其他城市搬過來找機會。剛才在公路旁不是有很多新社區嗎？以前住在市中心的人，都賣了房子搬到那裡了，連帶那裡的房價也漲了很多。你看那邊，那最高的那一棟，就是最新建的商業大樓，之後聽說會以那為中心，興建很多新社區。不過很貴啦，我這些人住不起。雖然很多人搬來，可是薪水也沒有漲很多，我都不明白他們哪來錢去買那些住宅。你知道嗎？我有朋友去年買了個公寓，現在價錢已漲了百分之二十。」

佘栢桐腦中閃過楊安顏的樣了，他和這裡的發展不無關係吧。

到達飯店時已經快到黃昏，佘栢桐在自助櫃檯輸入名字，電腦很快便找到以他名字訂下的房間，一共是七晚的訂房。

確定後，匙卡便從匙卡口彈出來。

七晚……佘栢桐暗忖。難道楊安顏知道，他這次只打算短暫待在崗康市看看情況，再決定要不要搬回來，所以才訂七晚的房間？可是他不記得自己有對楊安顏提過他的計畫。還是楊安顏要他在七天內在崗康市找到要住的地方？

「請到貴賓服務處領取閣下的信件。」拿了匙卡，佘栢桐正要離開時，屏幕顯示了一則訊息。

來到旁邊的貴賓服務處，原來有個給佘栢桐的信封。接過信封後他立刻打開，裡面有一張匙卡，不過不是飯店的，上面也沒有印任何名字。

到了房間梳洗過後，佘栢桐再打電話給楊安顏。

「啊，阿桐！你已經到了？我還以為航班會延誤呢。時差還好吧？」

「嗯，剛到飯店。現在還早，還沒有感到時差。」

「你也辛苦了！你今天先在飯店休息一下吧！晚餐儘管叫客房服務，明天我們再見面。」然後便告訴佘栢桐見面的時間和地點。「你有收到我給你的匙卡嗎？利用那個你就可以進去，那可是你未來工作的地方。」

在房間安頓好後，佘栢桐忍不住到飯店附近走走，看看這個久違了的城市。

可是這裡和他的記憶完全不同，雖然他離開的時候，這附近也是商業中心，但那時還沒有像現在一般名店林立，不過雖說是名店，但那並不像倫敦那樣的大型旗艦店，反而是一個不太大的店面，但又不失氣派。佘栢桐看到一名女士走進其中一家店，裡面站著一名穿著整齊制服，拿著平板電腦的美女，她輕聲地問：「鄭太太您好。請到這邊坐，已經為妳挑選了一系列款式的包包。」佘栢桐好奇伸長脖子看店裡面，的確已經有好些包包放在檯面。

但是裡面沒半個人。

哦，這方面崗康市已經追上很多大城市，人工智能和大數據的應用越來越多，所以很多店員已被人工智能取代。從前對個別顧客喜好瞭如指掌的名店店員，敵不過擁有大數據的系統。

「給我茶。」那名太太對僅有的美女店員說。掛著漂亮的笑臉恭敬地奉茶，人工智能還不能做到。

走進連鎖快餐店，當然已經是電腦自助點餐，可是價錢貴得驚人，直逼倫敦的物價。佘栢桐只點了漢堡和咖啡。

「是栢桐嗎？」坐下來吃漢堡的時候，一個聲音突然在身後響起。

「學長？」那是佘栢桐大學時戲劇社的學長。他穿著一身休閒服，帶著個小人兒。

「好久不見！你不是在倫敦的嗎？」

「嗯，有點事，我也是剛下機。」佘栢桐蹲下和那小男孩握手。「你叫什麼名字啊？」

「傑森，叫栢桐哥哥啦。」可是小男孩躲到爸爸身後。栢桐納悶為什麼小孩好像只有英文名，但他沒有多問。

「你今天休假？」佘栢桐只是隨口問問，可是他立刻發現對方面有難色。

「算是啦，現在我的工作是一週工作四天，今天可以帶孩子。」

「哦。那還有外傭嗎？我記得那時你們有聘外傭做家務。」

 (我們做了!)

「沒有啦，現在崗康市生活指數很高，但工作反而越來越少。我和老婆都被削減工時，還好工作是保住了。去年我們搬了家，都沒錢啦。」

「啊，我記得，去倫敦前你們才剛入伙，那麼快就搬了？」

「對啊，孩子長大要多點空間嘛。幸好以前那公寓漲價，就加大一點房貸換一個有多一個房間的公寓囉。」

佘栢桐側側頭，一時間不大能明白學長的話。學長和他老婆的工作不太順利，加上有了小孩，理論上開銷不是更大嗎？可是他們卻搬到更大的地方。

「好了，呃，我先走了，要送他去上補習班。」

「補習班？」

「對啊，開發潛能的課程，因為現在都說人工智能會取代人的工作，以前那一套學習不行啦，其實所謂補習也只是玩玩遊戲，不過有導師去了解孩子的天賦，盡早栽培，不然長大後沒有工作可做。對啦，如果打算長住，就買個公寓吧，不長住也沒關係，反正房價會漲。要知道，老實工作沒有保障，還是買磚頭實際。」

「哦。」佘栢桐點點頭，他看看那小孩，頂多只有兩歲多……

回到飯店房間後，因為開始感到時差，佘栢桐也沒什麼食慾，所以晚餐只用客房服務叫了一客沙拉。飯後他躺在床上，手機連上了飯店的無線網路上上網看看新聞，本地新聞都是房價比去年同期怎樣漲啦，採訪哪些新興行業等等，可是他都沒有看進去，腦中思考著現時為止發生的一切。

楊安顏的出現真的有點像老套的電視劇——曾經受父母照顧的人現在成了富豪，還特地到倫敦去找他，甚至給他一份工作，承諾會培育他做所謂的「金融精英」。可是當他真的來到這裡後，楊安顏卻像是刻意保持著距離，沒有熱情地招待，更沒有急著要他上班，明天甚至約在晚上見面。

究竟這個楊安顏，對自己有什麼計畫？他真的會把自己變成女明星趨之若鶩的金融精英？

「金融精英」——那對佘栢桐來說是另一個世界。雖然親生父母都曾在華爾街工作，可是那是他懂事前的事，而劇團為了贊助都會和企業打交道，可是劇團裡都有專人負責，而應酬方面當然是臺柱的工作，像佘栢桐般的小角色，那些「金融精英」他從來也沒有什麼交集。

想著想著，佘栢桐不知不覺就睡著了。

第二天早上佘栢桐被雨聲吵醒，電視新聞說颱風已經逼近，預計晚上就會發展成颶風級別吹襲崗康市，強度可說是近年少見。佘栢桐留在飯店房間內，上網找和楊安顏約定見面的地點。可是輸入那地址後，地圖上標示的地點並沒有任何東西，看起來像是空地。他再用衛星地圖和街景查看，那裡果然是工地，而附近看來是舊區，都是不大高的建築。雖然那看起來有點破破落落，但每幢房子都帶著歷史的痕跡。

 (我們做了!)

這才是佘栢桐記憶中的崗康市。

佘栢桐之後不用地圖，改在搜尋引擎輸入那個地址。第一個出現的，是巴拿金融的新聞發布網頁，裡面說巴拿金融將會把本部遷往那個新地址，新聞稿說那是巴拿金融參與投資的嶄新概念辦公大樓，樓高八十八層，將會是崗康市最高的建築，大樓也以巴拿金融命名為巴拿中心。佘栢桐看到新聞稿提到大樓開幕禮的日子，不是下星期三嗎？

為什麼楊安顏要約自己到還沒啟用的大樓？

再看了幾個後面的搜尋結果，都是關於巴拿中心的興建帶動了那一區的發展，政府也決定重建附近的舊區，大部分那裡的居民都拿了賠償搬走了。連上一關聯的新聞，裡面提到崗康市本來是一個三、四線的城市，兩年前給銀行家楊安顏「相中」決定來這裡發展。他成立了「巴拿金融」，第一項投資是買下一家研發通訊應用程式的初創企業，據說研發成功的話，可以大幅節省手機用戶在語音通訊方面的數據用量，甚至可以做到全天候通話的狀態。

佘栢桐覺得好有趣，可是他繼續搜尋，都沒有看到後續的消息。之後巴拿金融旗下的基金在國外集資後投資在本地幾家有潛力的企業，成功把那些家庭式小企業推向一個高峰。業界都稱他為「亞洲的巴菲特」。

雨越下越大，偶爾還有閃電。佘栢桐整天沒有外出，除了因為外面的天氣那麼不穩定外，說不定楊安顏會改期。他怕亂走的話，楊安顏聯絡不到他。

可是楊安顏並沒有打電話來，那表示如期見面嗎？

佘栢桐納悶。究竟楊安顏要給他看什麼？連天氣惡劣也不能改期？那點點的不安感覺又湧現出來。在佘栢桐發現之前，他已經在房間內來回踱步了好多次。

終於等到差不多出門的時間，他按地圖指示的公車路線，順利到達巴拿中心附近，可是因為天雨，途中有點塞車，所以比約定的九點晚了十分鐘，幸好下車時剛好雨停，要不在那樣的雨中走肯定不是會讓人享受的事。巴拿中心坐落在崗康市的舊區，是一幢高聳入雲的大樓，方方正正的外形，雖然外牆是現代化的藍灰色玻璃幕牆，但卻不失傳統的氣派。旁邊一幢幢不同高度的老舊大廈把它團團圍住，就像是簇擁在周圍的膜拜者。

這裡的舊樓大都人去樓空，一直向巴拿中心走去時，佘栢桐都沒看到半個人。因為已經入夜，加上很低的黑雲，和快要下雨的悶熱天氣，使人有種快要窒息的感覺。在還差幾十米便到達入口時，傾盆大雨又再瀉下。佘栢桐馬上快步跑進大樓。

因為新聞說大樓還沒有竣工，佘栢桐還以為內部會是一片裝修中的模樣，可是原來地面大廳已經完成，超大塊的米白色雲石地磚，令剛才在雨中跑來、踏著泥濘的佘栢桐有點不好意思。

而大廳最吸引人目光的，是那看來有三層樓高的特高樓底，和吊在天花板，一共十二盞傳統款式的水晶吊燈。因為距離有點遠，看不清楚每盞燈有多少顆水晶，可是這樣的氣派正好和大樓的方正外觀完美地互相輝映。

佘栢桐抬頭看著那些水晶燈，真的很漂亮，以商廈來說，安裝這樣漂亮的水晶燈真

(我們做3!)

有點令人難以置信，他以為現在的商廈都流行現代化的簡約裝潢。

歌劇魅影。佘栢桐看到水晶燈時，第一件想到的事。

奇怪，這裡應該是還沒啟用的大樓，可是大門沒有上鎖，大廳的燈亮著，就像是已經有人在辦公，但是大廳沒半個人，連保安員也沒有。

說不定楊安顏已經到了，不，他一定是到了。佘栢桐看一看手機顯示的時間，自己已經比約定時間遲到了十五分鐘。一定是楊安顏開鎖和亮燈，這個大廳說不定就是他要給自己看的其中一樣東西——希望是。

按著前一天楊安顏的指示，佘栢桐步近升降機，升降機大廳前有個顯示屏，顯示屏上面列舉了大樓內的公司，巴拿金融是從最上面數來第一項。他按了巴拿金融，然後顯示屏指示他去三號升降機。這是很多新式大樓升降機的設計，用意是把使用升降機的人分流，讓差不多層數的乘客用同一部升降機，減少升降機要停在不同樓層而耽誤使用者的時間。佘栢桐以前打工的律師事務所，也是這種升降機。

進入升降機後，裡面的屏幕顯示著升降機正朝頂樓的巴拿金融上升著。如佘栢桐所料，這種分流式升降機裡面沒有樓層的按鈕，因為分流裝置已經設定了它要停哪些樓層。

經過差不多半分鐘，升降機終於到達頂樓——巴拿金融的總部。踏出升降機後，佘栢桐的左邊有一道毛玻璃門，另一邊則沒有任何阻隔，是現代簡約風裝潢的接待處，地板和前檯都是和大廳一樣的米白色雲石，胡桃木製的「巴拿金融」的名字低調地鑲在前檯的左邊。

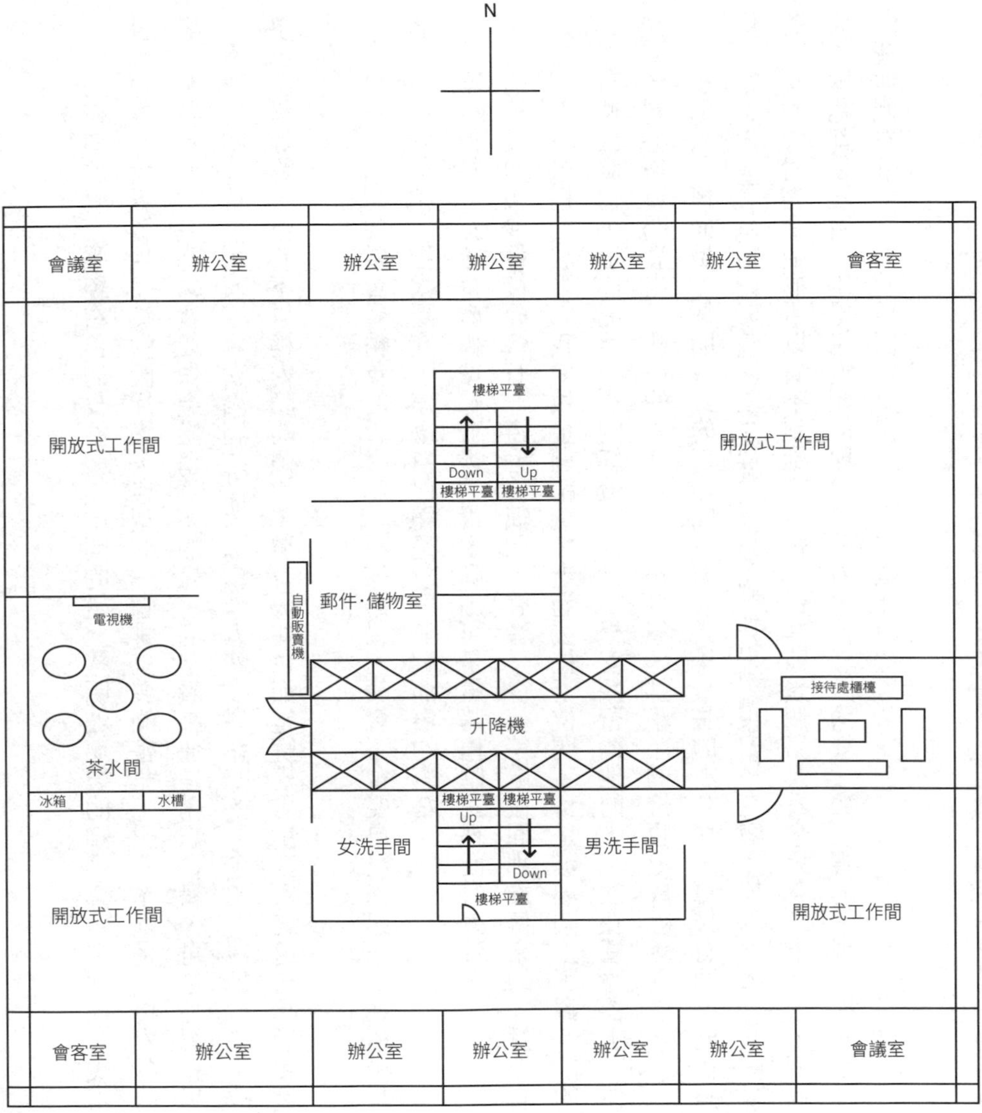
N
會議室
辦公室
辦公室
辦公室
辦公室
辦公室
會客室
開放式工作間
樓梯平臺
Down
Up
樓梯平臺
樓梯平臺
開放式工作間
電視機
自動販賣機
郵件·儲物室
升降機
接待處櫃檯
茶水間
冰箱
水槽
樓梯平臺
樓梯平臺
Up
女洗手間
男洗手間
Down
樓梯平臺
開放式工作間
開放式工作間
會客室
辦公室
辦公室
辦公室
辦公室
辦公室
會議室

前檯前放著三張純白色的皮沙發，中間的是全透明玻璃製的咖啡桌，上面放著幾本書，一本是世界各地建築的圖片集，典型的「咖啡桌裝飾書」，另一本則是以楊安顏的黑白照為封面，名為《我要做金融精英》的書。名字看來像是勵志書籍，可是外觀和另一本建築照片集很相似。佘栢桐好奇地把書翻了翻，裡面的文字不多，像是一些小故事、語錄等等，但有不少楊安顏的照片，還有一些章節是解構男士穿衣之道、品酒和選雪茄等等。

果然是給想要當金融精英的天書呢。不知道楊安顏會不會要自己學起來？佘栢桐想著。但他立刻拍了拍太陽穴，怎麼自己總是想些無關痛癢的事？

本來他打算在接待處繼續翻著書等楊安顏，可是這時他聽到裡面有聲音。前檯後面和沙發後面各有一道毛玻璃門，聲音是從接待處後面那邊傳來的，好像有人在裡面。佘栢桐放下《我要做金融精英》走過去拉了拉門，可是玻璃門上了鎖，門的旁邊有個感應器，上面亮著小小的紅燈。他拿出楊安顏留給他的卡，放在感應器上，便立刻聽到毛玻璃門發出「咔」的一聲表示已經開鎖，那小小的燈也變成綠色。

一進去，裡面是一個開放式的工作間，放著幾排長長的辦公桌，每排有四、五個座位。在走道上，佘栢桐看到穿著西裝、打著酒紅色領帶的楊安顏。他被三男一女圍繞著，女的背對著佘栢桐所以看不到她的年紀，但其他幾個男人看來只有三十多歲，每個人的臉色都很難看，不過楊安顏的臉色更難看，他滿臉通紅、頸上青筋暴現地揮著手杖向著他們怒吼：「你們幾個是要作反了？這是什麼意思？」

「我們只是想賺錢罷了。你不是教我們要對錢保持『飢餓感』的嗎？」其中個子最高的男人說著。

「我教你們是對外面的錢保持飢餓感，不是他媽的對我的錢存有飢餓感！你們是忘記了，現在賺到的每一分錢，是全靠誰？」

佘栢桐看到楊安顏的目光轉向其中一個站在遠一點、架著眼鏡的男人，可是在楊安顏開口說話前，另外一個有點胖的男人先開口：「你、你根本沒有當我們是人！你從來也沒有……沒有尊重過我們！」

楊安顏冷笑了下。「哈，尊重？你們是什麼？」

「你！」高個子走上前去推了楊安顏一把，沒預計這會發生的楊安顏頓時失去平衡跌倒在地上。

「你這狗娘養的……」楊安顏邊罵邊爬起來，他正要對高個子反擊，眼鏡男立刻擋在前面。

「你走開！我和那傢伙還沒完！」楊安顏推開那人，然後用手杖揮向高個子男。可是高個子避開了，他還握著手杖另一端，想把它搶過來。此時楊安顏的手杖掉了在地上。

一瞬間，走道上陷入一片混亂，楊安顏和高個子扭打起來，眼鏡男和微胖男有點不知所措，他們一方面想阻止在打架的兩人，但當他們被楊安顏打到時，他們又加入和楊安顏打起來。

害怕在打架的男人們，那女的退後了幾步，當她不經意地轉過身來時，佘栢桐終於

(我們做3!)

看到她的臉。女人長髮及肩，本來漂亮的瓜子臉卻被兩旁的頭髮遮蓋了不少，她的五官輪廓分明，一雙圓圓的杏眼和筆直的鼻子，如果用心化個妝臉蛋一定會更突出。

可是佘栢桐的視線沒有在那雙杏眼停留多久，因為他立刻被她的嘴吸引著。

那是一張貓嘴，兩個嘴角即使不是在笑，也自然地微微向上翹。

這片嘴脣，他永遠不會忘記。

「秀嵐？」佘栢桐喊出來，他不能相信自己的眼睛！為什麼她會在這裡？

「你回去崗康市，是爲了她嗎？」佘栢桐腦中出現了臨行前布絲妮說這句話的樣子。當時他斬釘截鐵地說不是，可是在他心裡，有那麼一點點，是希望能再遇上她的。

只是沒有那麼快，還要在這種情況下重遇。

「栢桐……？你……」女人也認出佘栢桐。其他人停下來看了佘栢桐一眼，可是很快又繼續扭打起來。

不知真的是正義感，還是要在認識的女人面前耍帥，佘栢桐走過去想要阻止那在打架的四個男人。而且楊安顏是把他從倫敦帶回來的老闆，看到老闆一對三，沒理由不去幫忙，即使是做做樣子也好。

可是很快，佘栢桐便知道，這就像要解開纏在一起的毛線，混亂中他也不知道自己在打人還是在被打。

咚！

一聲鈍響引起了所有人的注意。

那是一把瑞士軍刀。

各人互相對望，然後一秒，不，少於一秒，所有人都撲出去搶那在地上的軍刀。

又是一片混亂，佘栢桐和叫秀嵐的女人被擋在外圍，只見那四個男人彎著腰糾纏著，像是橄欖球比賽的球員一般，根本看不清他們裡面發生什麼事。

「啊！」楊安顏突然發出一聲慘叫。他退後幾步，眼鏡男癱瘓坐在地上，而高個子和微胖男則像武俠片中被點了穴道的人般，站在原地一動也不動。

佘栢桐看那把瑞士軍刀，穿過楊安顏的高級西裝外套和裡面的背心，直插入他的左胸。他瞪著雙目，半張著的嘴像是要說什麼，可是也只是發出「呀……呀……」的聲音。不知道他是因為驚訝說不出話？還是因為每發一個音都會引發疼痛而不能發聲？

「吔——」看到這一幕，秀嵐邊抱著頭驚叫著邊向後退，直到撞到桌子才把重心倚在桌子旁。

所有人都看著現在已跪在地上的楊安顏。他的左手按在地上支撐著身體，右手則掛在半空——在他胸口刀子的旁邊。

他在猶豫要不要拔出刀子。佘栢桐看著楊安顏的動作就立刻明白了。拔出刀子的話，可能會大量噴血，可是不拔出來的話，可能會造成心臟的損傷。

可是這個狀況沒有維持很久，楊安顏很快便連左手也失去力氣，他一臉痛苦地倒在地上，大約只是掙扎了一分鐘左右便一動也不動了。

「報、報警啊！快叫救護車來！」高個子掏出手機。

 （我們做了！）

「等等！」就像電視劇一樣，微胖男走上前，把在抖的食指輕輕放到楊安顏的鼻孔前。

「死……死了。」微胖男縮開手，臉色蒼白地說。「報警的話，要怎樣跟警察說啊？」

「就照事實說啊！又不是我捅的。」高個子說。

「你怎樣證明？」眼鏡男冷笑。「我們隨時都可以聯手指證你就是殺人那個啊。」

「那……究竟……是誰？」秀嵐用有點有氣無力的聲線問。「是誰捅了他？」

「不是我啊！」微胖男舉起雙手，急著要撇清和自己的關係，甚至立刻退後幾步。

「也不是我啊！這刀子不是我的東西。」眼鏡男也著急起來。

「秀嵐……」佘栢桐輕聲說。「不要管這裡的事了，我們快點離開。」

三個男人轉向著佘栢桐，好像現在才發現這個外人。

「你是誰？」眼鏡男問。「你在這裡幹什麼？」

「我……叫佘栢桐。是……是楊先生約我來的。」

「不能走！」高個子站起來，一把揪住佘栢桐的領口。「你要怎麼樣？報警說我們在這裡殺了人？」

「由得他們走吧。」微胖男笑著，佘栢桐只覺那是不懷好意的笑容。「你們一走，我們就會報警說看到你們離開大樓，我們上來就看到屍體。」

「這……」佘栢桐語塞。

「對啊對啊。」高個子也莫名其妙地興奮叫著。「誰敢離開這裡，我們就說誰是兇手！」

「等等！」秀嵐走上前推開高個子。「不會的不會的，他不會說的。我和栢桐認識很久了，是自己人！」然後她看著佘栢桐。「栢桐，是嗎？」

佘栢桐看著秀嵐，她不停點著頭，眼神在尋求他的同意。

「那你們想怎樣？」佘栢桐問。

「剛才的情況那麼混亂，」可能已經習慣，高個子蹲到屍體旁邊。「我們都在搶這軍刀，我也看不到這傢伙是怎樣插進去的。」說著他伸手想去拔出瑞士軍刀。

「等等！」微胖男上前阻止。「現在拔刀會不會噴血啊？」

「不……不會吧？」高個子慢慢移到楊安顏的屍體旁邊。「死了不是心臟停止跳動嗎？那就不會輸送血液，血液不會流動就不會噴出來吧……」

「你肯定嗎？」微胖男問。

「……我在想，剛才那麼混亂，莫說你看不到，就連我們也不清楚是誰刺那一刀的。」微胖男不知何時拉了椅子坐下。「可是那把刀柄，有我們三個人的指紋。」

「所以要擦了指紋嗎？」高個子問。

「不如這樣吧。」微胖男雙手十指緊扣像是祈禱般，把手擱在他有點突出的肚子上。「反正這大樓還沒竣工，我們把屍體留在這裡，當成有露宿者偷偷進這裡住，被楊安顏來視察時遇上，露宿者發難把他殺害。」

其他人都沒有說話，都在思考微胖男這個提議的可行性。

 (我們做了!)

「不可能。」眼鏡男輕托一下眼鏡。「這裡的門都上了鎖，露宿者不可能來到。」

「露宿者可能躲在樓下。」微胖男像是反駁似的。「不，可以只是一般賊匪，在大廳的角落中，然後看到楊安顏來，尾隨他並想搶劫。他把楊安顏帶進來打算大肆搜掠，可是因為這裡沒有什麼值錢的東西，一怒之下殺了他。」

這個微胖男是編劇啊？佘栢桐本想嗆他，可是想著剛剛來時附近社區的景象，會有匪徒在覬覦這棟光鮮的大樓，然後靜待機會也不無道理。

「監視器！」秀嵐突然喊出來。「如果監視器已拍下一切，不單這個故事不能成立，連我們也很難脫身！」

所有人都不約而同地抬頭在天花板搜索。

「那裡！」眼鏡男最快找到像是監視器鏡頭的半球狀物體，但那半球形的外殼被一條電線吊著垂在半空。

「對了！」秀嵐突然想到什麼似的。「大樓的保全系統已經上線，可是監視器和錄影功能會在星期三大樓啟用後才會開始運作，那時所有錄像會儲存在保全公司的雲端硬碟。我記得之前的備忘有提過，所以叫我們雖然有進入公司的匙卡，但貴重物件還是待保全系統完全上線才搬來。」

「好，就當我們幸運過關。還有沒有其他令這個方案不可行的地方？」眼鏡男繼續問。

「你們來的時候，在樓下有沒有碰到其他人？」高個子問。

所有人都搖頭。

「所以沒有人知道我們在這裡。」高個子咧嘴而笑。

「好，現在已經快十點了，接下來還有很多工夫。」眼鏡男站起來，從口袋掏出紙巾，他隔著紙巾握著刀柄，小心翼翼地把刀抽出。

「喂喂喂，小心啊。」只張開一隻眼、表情有點扭曲的高個子叫著。

沒理會高個子，眼鏡男用紙巾抹好刀柄和刀刃，再用另一張紙巾把刀子包好。然後他也是隔著紙巾，翻著楊安顏西裝的口袋拿出了皮夾，再把裡面的現金都拿走。

「這樣才像遇上強盜。」

「我們要分了這些錢嗎？」高個子問。

「你很需要錢嗎？」眼鏡男睨了高個子一眼。

「等等。我有個想法。」微胖男拿了最上面的五張紙幣，再每一張都在楊安顏的傷口上抹一下，讓上面沾有血跡。

「喂……你在做什麼？」秀嵐問。

「契約。」微胖男瞇著眼笑著說，像是很滿意自己的想法。「我們大家又不是很熟，為免有人背叛，把這件事說出來，我們需要定一個契約，承諾不會把今晚的事說出去。」他把那五張染血的紙幣放在桌上。「我們每個人用手指去沾一些那老頭的血，再在其中四張上面，印個指印。然後我們各自拿走沒有自己指印的那張。」

佘栢桐瞬間明白了。萬一他們其中一人把事件告訴警察，那其他四人也可以用手上那有背叛者血指印的紙幣，使背叛者也脫不了身。

「但是……」高個子有點猶豫。

「這很合理。」眼鏡男率先走到楊安顏的屍體旁，用拇指沾了傷口上的血，再在紙幣上打指印。其他人也跟著做，佘栢桐是最後一個。

這下自己也脫不了關係，已經逼不得已要和這些人同坐一條船了。

「栢桐，謝謝你。」秀嵐在佘栢桐打過指印後，輕聲在他耳邊說。「還有，我現在叫『李秀兒』。」

在洗手間洗過手後，微胖男繼續指揮著。「現在我們要把這裡弄亂，這樣才像被匪徒來搗亂過。」

因為怕留下指紋，李秀兒和高個子拿出自己的手帕，而其他人則用紙巾，把桌子的抽屜都打開，有人用腳把椅子踢倒。

「差不多了吧。」高個子有點喘氣地問。

「嗯。」微胖男用袖口擦了擦額上的汗。

「那……」李秀兒開口。「那屍體……」

「就由得他這樣吧。」眼鏡男推一推鼻梁上的眼鏡。「賊人才不會管。難道要讓他舒舒服服地躺在沙發上嗎？」

確定沒有遺漏後，眾人一起離開。

「總之今晚就當沒見過大家。」在大廳等升降機時，微胖男說，眼睛好像還是笑咪咪的。

——這樣最好。佘栢桐想。

他最清楚，在眼下這種情況，只有自己是被楊安顏約來的，不，如果把警方扯進來的話，這只是他的片面之詞，說不定會被懷疑是他約楊安顏來，然後殺了他。殺人動機這種事，調查一下要造多少有多少。這幾個男人，在那個關頭必定會聯合起來，說出對自己不利的供詞。秀嵐可能會站在自己那邊，可是警方不會相信她。

所以這樣最好，過了今晚，大家毫不相干。除了……

佘栢桐輕輕拉李秀兒到最後面。「秀嵐，不，秀兒……妳為什麼會在這裡？妳也是巴拿金融的員工嗎？」

「這……」李秀兒的樣子有點為難。「很難三言兩語去說明……」

「我們……」

「叮！」聽到升降機到達的聲響，她頓時一副得救了的表情。

可是那個表情只維持了一瞬間。

當升降機的門打開時，高個子和李秀兒不約而同地倒抽一口涼氣。

在這還沒啟用的大樓的升降機裡面，載著四個人。他們看到升降機外有人，也露出驚訝的表情。

而像是上天故意增加戲劇性一般，佘栢桐聽到外面響起一陣雷聲。

 (我們做了!)

8

隨機應變，那是人類的特質。只會跟著既定程式跑的，叫機器人。不能應變的人類，就注定會被機器人取代。

——楊安顏《我要做金融精英》

看到從電梯走出來那四個人時，李秀兒和高個子一同倒抽一口涼氣。

「王總，葉總……劉總。」高個子恭敬地和那三個男人打招呼，李秀兒也跟著一起微微鞠躬。佘栢桐很快地看了那四人，叫王總的蓄著平頭裝，穿著淺藍色的襯衫和米白色長褲；葉總個頭很大，身型也頗健碩；被稱為劉總的看來最年輕，牽著同行女人的手。女人不是很漂亮，但自信的臉帶著一點溫柔，讓人會想多看兩眼。

「啊，你們也在這裡？」王總笑著說。佘栢桐想起他養父的朋友們，那些在矽谷工作的工程師。「我們都是給楊總約來的啦，說要給我們提前參觀這大樓。」

什麼?佘栢桐壓抑著差點衝口而出的問題。這幾個老闆也是楊安顏約來的?他說提前參觀大樓，所以楊安顏要給自己看的東西，就是這棟大樓了。

「嗯，他約了十點，剛好在樓下碰見他們。看來我們都是早到的人，等了一會不見楊總，便上來看看囉。」葉總說著，他的聲音不是很大，外表看來也像是不擅交際的類

 (我們做3!)

型。「說起來，你們也是楊總叫來的嗎？」

「是的。」李秀兒臉上不知何時掛上了職業笑容。「楊總叫我們來這裡，一起接待各位。」

「那楊總呢？」王總問。「下面停車場也不見有他的車。」

「這個……」高個子有點不知所措。

「他好像還沒到。」李秀兒機靈地接著說。「本來他叫我們九點半來的，因為具體要做什麼我們也不大清楚，大概是要我們先來準備吧，可是一直都沒見到他。」

「說起來，」劉總終於開口，他的聲音也是不大，可是和葉總不同，佘栢桐覺得這個人低沉的嗓音讓人有點深不可測的感覺。「那為什麼剛才你們好像很驚訝看到我們？如果阿楊叫你們來接待我們的話。」

得小心這個人。那是佘栢桐最先想到的。他一直沒有作聲，只是在一旁聽著李秀兒和其他兩人的對話，可是他卻是一直在觀察，直到抓到破綻。

「嗯？」劉總看著李秀兒。

「裡面很亂。」微胖男開口。「可能之前裝修工人沒有收拾好，我們到時，發現裡面亂七八糟。本來打算看看有沒有什麼可以用來清潔，因為要是這樣被客戶看到會很失禮，然後你們便出現了。」

這個微胖男也滿能急中生智的嘛。

「不如這樣，」李秀兒輕輕拍手。「各位先在接待處這裡坐坐，讓我們先把裡面整理好，然後等楊總來後再帶各位參觀？」沒有給他們考慮的時間，李秀兒和高個子已經帶著那四人坐到接待處的沙發上。佘栢桐看著接待處後面那道玻璃門，通過那道門後只要多走幾步，就可以看見楊安顏的屍體。

「把『大件的東西』收好。」佘栢桐聽到李秀兒小聲在眼鏡男的耳邊說。「走道盡頭左轉，一直走到盡頭的角落有個會議室。」

佘栢桐立刻明白李秀兒的意思，她在指示要把楊安顏的屍體藏在那會議室。於是眼鏡男聯同微胖男走回辦公室，讓李秀兒和高個子陪著那四人，因為佘栢桐也是楊安顏叫來的，所以也和他們一起坐著。可是他的腦中，都是眼鏡男和微胖男合力把屍體搬到會議室的模樣。

大約十分鐘後他們回到了接待處，雖然只是十分鐘，可是佘栢桐卻覺得那像是等了很久，大概是因為李秀兒和高個子都沒有怎樣和客戶談話。他們回來後也加入等待的行列，雖然明知不可能等到楊安顏出現，此刻他們也只能拖延時間好想辦法。

「說起來，」劉總的女伴先開口。「昌永你還沒有給我介紹。」佘栢桐這才知道劉總全名是劉昌永。

「王頌勝。」平頭裝男人說著遞上名片。「我和劉總在一次創投會議碰過面，你貴人事忙可能不記得了。像我這種小公司，你沒聽過也不足為奇。」

「葉鴻。」另外一人也遞上名片。「我的也是小公司，多多指教。」

「我記得那創投會議。」劉昌永看著名片說。「我記得貴公司的攤位有個小型示範，『林中仙子』不是嗎？不過葉總那次沒有參加……吧？」

「劉總竟然記得，真讓我感到榮幸。」王頌勝喜出望外。

「對，我們公司沒有參加。」葉鴻點點頭。

佘栢桐沒有追問下去「林中仙子」的意思，可是他留意到王頌勝和葉鴻沒有互相交換名片，看來他們原來就認識。但從他們的語氣，劉昌永看來是個大咖。

「我叫梁郁笙，是崗康市第一醫院的外科主任。請多多指教。」

「啊，原來是醫生，我也覺得梁小姐不像秘書小姐。」王頌勝笑著說，他看不到劉昌永的眼神閃過一絲不滿。

「我叫李秀兒。」她對梁郁笙微笑。「是巴拿金融私人銀行部的，專門負責初創企業。」

「周明輝。」高個子也加入自我介紹，可是他看著的是劉昌永。「和李秀兒是同事。」

「曾家偉。」眼鏡男揚一揚手打招呼。

「陳洛祁。」原來微胖男有個滿特別的名字。

「呃，我叫佘栢桐。」看到所有人都看著自己，他才發現只剩下自己還沒有自我介紹。「我……是楊先生叫來的，他和我已過世的父母是舊識，說要介紹我到他公司工作……」

「呵，原來是拉關係。」陳洛祁嘟囔著。

簡單自我介紹後，大家又靜下來。佘栢桐走到窗邊。雖然也是居高臨下的感覺，可是附近的房子大都是空房，只有寥寥可數的燈光，有點荒涼的感覺，和布絲妮倫敦的公寓窗外的景色差太遠了。反而崗康河兩岸燈火通明，燈光勾劃了河道的輪廓。越接近巴拿中心燈光漸漸零星，將來眼前那片土地發展後，整片土地的夜景會不會像倫敦一樣繁華？可是看著那點點燈光，佘栢桐只想像到不斷向外擴散的細菌。

這幾年在倫敦，佘栢桐看到科技發展對城市的衝擊，可是那卻造就了人類對科技的「反撲」——文化藝術的發展、合作社式生活模式的興起……

崗康市正在經歷其他大城市經歷過的。只是，之後會往哪個方向走，就取決於政府和財團了。

「已經十一點了。」劉昌永看一看手錶。「不如給阿楊打個電話吧。」

佘栢桐留意到周明輝臉色一沉，右手有點不自然地伸進西裝的口袋中。

這個白痴！不會把楊安顏的手機拿了帶在身上吧？佘栢桐瞪著眼盯著周明輝，他看到佘栢桐的眼神，頓時脹紅了臉，尷尬地微微點頭。因為坐著的位置的關係，其他人看不到他們的交流。

佘栢桐誇張地看了看沙發後的玻璃門，他希望周明輝能明白他的意思。可是周明輝側側頭皺了皺眉，顯然他沒有看懂。

——白痴！佘栢桐心裡喊著，眼神不斷反覆射向那道玻璃門。這時劉昌永掏出手機，如果他一撥楊安顏的電話，而周明輝的口袋傳出聲響的話，那他就完蛋了，不，這個白痴一定會把全部人供出來。

 (我們做了!)

「啊。」終於周明輝恍然大悟地比了個嘴型，他站起來。「不好意思，我要上一下洗手間。」

佘栢桐鬆了口氣。因為周明輝這樣打岔，劉昌永停下了打電話的動作。現在只希望周明輝的動作夠迅速，能把手機帶到離他們遠一點的地方。

「說到手機。」佘栢桐希望盡量拖延，他指著劉昌永的手機。「我剛從國外回來，還沒有辦手機，請問有哪家電訊公司比較好？」

「啊，我是用〇〇電訊的，他們的網路比較好，訊號也較穩定，只是比其他的貴。」

「那當然了。」佘栢桐笑著。這時劉昌永已經在電話簿找到楊安顏的電話，佘栢桐已經想不到還可以怎樣拖了，看著劉昌永正要按下去——

佘栢桐正想閉上眼睛，這時他突然感到眼前一片漆黑。

咦？沒理由呀，自己應該還沒有閉上眼。

「停電了。」王頌勝說，同時開了手機的手電筒功能。

「連手機也沒有訊號。」劉昌永看了看手機。「那應該不是大樓短路了，大概是暴風雨影響，變壓大樓被閃電打中還是什麼，看來頗嚴重。不過連手機訊號也沒有，也太奇怪吧？今時今日單純的停電沒理由會影響手機……」

「啊，難道……」葉鴻看了看樓層四周。「嗯，錯不了。這棟大樓，應該是有訊號屏障，但為了日常運作而安裝了加速器。」

「信號屏障？加速器？」梁郁笙看看自己的手機，也是沒有訊號。「就像醫院一樣？」

「差不多，為了不讓重要數據外洩，一些企業的辦公室會建造有訊號屏障的設計，使內部員工不能用手機，只能用公司的通訊系統。不過為了一些特別的時候還是可以用手機，這些大樓裡都會安裝加速器去增強訊號，不過停電的時候這些加速器便不能運作。」

「但不是有後備電源的嗎？什麼柴油發電機。」

「可能那是在地下室。」王頌勝說。「外面一直下著大雨，我來的時候，地下停車場已經有水浸的現象，說不定連發電機所在的機房也被水淹了。」

「發生什麼……」周明輝正要從玻璃門那邊走出來。

「不要關門！」陳洛祁喊著，一邊衝上去把玻璃門固定在開著的狀態。「一般停電的話，感應卡系統好像還能運作個兩、三分鐘，之後這些門便會變成只能出不能進入，為的是在緊急事故發生時，剛好在電梯大廳或是接待處的員工，可以用感應卡進去從樓梯逃生，但沒有匙卡的外人則不能進入，為了防止有人趁火打劫。」

所以才要阻止周明輝把門關上，現在還不知會停電多久，被困在接待處可不好玩。佘栢桐也記得，在倫敦律師事務所打工時，大樓都是類似的設計。

「那不如大家先去裡面坐吧。」李秀兒提議。

於是眾人就從接待處南邊，也就是沙發後面的玻璃門進入辦公室，一進去是一個開放式的工作間，放著幾排座位。

「我們就這樣等下去嗎？」劉昌永問，他緊握著梁郁笙的手。「不如走樓梯下去吧。」

 (我們做3!)

「走樓梯？這是八十八樓耶。」葉鴻說著，並發出一聲冷笑。「我不打算做這樣劇烈的運動。」

「葉總說得對。」陳洛祁附和著。他這副身型，要走八十八層也真是有點難為他。「反正現在沒什麼即時危險，我認為留在這裡是最安全的，說不定電力很快便會恢復。」

「對，而且……」周明輝看了看各人。「如果真的有什麼事，楊先生也會知道我們在這裡。」

佘栢桐不得不佩服周明輝。剛才還像個白痴似的，擔心著口袋裡楊安顏的手機會被發現，現在不但已經從那驚嚇中恢復過來，還完全代入了認為楊安顏還活著的角色在演。

於是剛才那尷尬的等待，從接待處移師到工作間。不過情況比較好的是，因為停電，大家都知道楊安顏，或是任何人，都不可能坐電梯上來。

周明輝右手托著頭，一副百無聊賴的樣子，可是佘栢桐看到，他趁其他人不注意時，從耳朵拿出像豆子那麼大的東西放進西裝口袋中。

佘栢桐知道他不是唯一看到的人，因為沒多久，李秀兒也在做同一個動作，只是她把那東西，裝作在手提包找東西時放了進去。

「說起停電，」又是梁郁笙先開口打破沉默。「當年不是發生過北美大停電的嗎？我當時剛巧在紐澤西唸書。」

「那是二〇〇……二或三年的事吧。」劉昌永托著太陽穴。

「嗯，二〇〇三。九一一事件才過了兩年，停電時大家最先想到就是恐怖攻擊。」

難怪我一點印象也沒有，佘栢桐想。那時自己還很小，而且已經搬到聖荷西和乾爹乾媽一起生活了。當年好像只有東岸受影響。

「現在雖然國家開發不少再生能源，」王頌勝也加入。「但像崗康市這樣不是一線城市，電力供應還是有它的限制。像在這種天氣下，變壓站還是應付不了。對我們著重研發的企業，電力供應的穩定其實比你們想像中來得重要。」

梁郁笙走到窗邊。「唔……現在外面天氣一定很差，都看不到外面的景色了。剛才還看得到城市的燈火，現在漆黑一片。說起來……為什麼楊先生要把辦公室設立在這樣高的大樓頂樓？他不是九一一事件的倖存者嗎？我認識不少經歷過那件事的，很多後來都得了懼高症，或是變得很神經質。」

「郁笙。」劉昌永輕聲叫她，帶著威嚴的聲音就是在叫她住口的意思。

梁郁笙說得對，佘栢桐暗忖。他想起在倫敦遇到楊安顏時，他總是坐在逃生出口附近。

「他是狼。」葉鴻笑著說。「如果他那麼容易被打敗，就沒有今天的成就。」

然後話題就轉到楊安顏怎樣把崗康市發展起來、歐洲又再陷入債務危機會怎樣影響國家經濟、崗康市的投資環境，然後梁郁笙說起國民醫療，跟著王頌勝又把話題拉回經濟。

 (我們做了!)

佘栢桐覺得，王頌勝和葉鴻很努力地爭取機會在劉昌永面前表現，反而劉昌永沒有說太多話。可惜連手機也沒有訊號，不能上網了解劉昌永這號人物。佘栢桐看著坐在最角落那位子上的李秀兒，因為辦公室只剩下逃生路徑的燈光，憑佘栢桐的舞臺經驗，這種昏昏暗暗的光線本來應該可以讓一個人的輪廓更突出，可是此刻李秀兒的臉是扁平的。

奇怪的是，明明王頌勝和葉鴻是自己公司的客戶，可是周明輝和李秀兒也沒有和他們多說話。周明輝滑著手機不知看什麼，李秀兒只是呆呆地坐著，偶爾對其他人的說話點頭微笑。

他盯著李秀兒，思緒回到幾年前，當時他和李秀兒都在大學戲劇社，在公演的舞臺上，那在鎂光燈下散發著光芒的少女，那時她叫李秀嵐，那是她的真名，她還說那是秀麗的山的意思。當年他就是因為被那光芒吸引而留在崗康市。李秀嵐沒有女明星的美豔臉蛋，但她懂得用化妝去突出自己，記得當年無論去哪裡，她都會悉心化妝打扮，而且她就是有一種魅力，讓她在臺上臺下都在發亮。

可是現在的她，反而改了個平凡的名字，連臉也好像變扁平了。

他走到李秀兒旁邊的位子上。「秀兒，嗯……很久沒見。沒想到妳會從事金融業……」

「小聲點。」李秀兒像是責備的口吻。「王總是我的客戶，我不想讓他認為我是個不夠資格的顧問。」

佘栢桐的心涼了一截。「嗯。那……妳這幾年過得好嗎？」

「很好，這份工作……薪水好多了，生活改善了不少。」李秀兒大概覺得自己剛才的語氣重了點，她的聲音帶點內疚。

「那就好……」

「說起來，你是怎麼認識楊總的？」李秀兒坐近了點。「你說你父母和他是舊識？」

「嗯，我也是剛知道。他來倫敦的劇場找我……」當他說到「劇場」時，李秀兒按著他的手像是示意他不要說。對，她大概不想王頌勝知道自己曾和演藝界有關係吧。

「他來找我，說起以前受我父母照顧的事，還叫我回來替他工作。」

「他……」沒想到李秀兒暗暗地冷笑。「我想他是打算安排你幹和我同樣的工作吧。」

佘栢桐聳聳肩，現在已不可能知道究竟楊安顏打算給自己安排什麼工作了。

「太久了！」劉昌永突然站起來，聲音也顯得很不耐煩。「竟然還沒有恢復電力！算了，我們走樓梯下去吧！」

劉昌永牽著梁郁笙的手，一同在找樓梯的位置。周明輝他們緊張得不得了，怕他倆會走到藏楊安顏屍體的會議室。幸好拐一個彎，在男和女洗手間中間，就是樓梯的門。

「劉總，這道門應該和其他門一樣，在停電時只能從裡面打開。以防萬一，我們會在這裡，有什麼事你們也可以走回來，我們給你開門。」曾家偉說。

「嗯，我也會在這裡，我可不打算走樓梯。」葉鴻還是那句。

「那好。我們到達地面後會向外面求救，說還有人被困在這裡。」

目送著劉昌永和梁郁笙離開，佘栢桐反而覺得，他們離開更好，因為他覺得如果會

 (我們做3!)

有人發現他們有事隱瞞的，最大可能就是劉昌永。

可是他並沒有放心很久，幾分鐘不到劉昌永就打開了那道防火門，可能這是逃生門，在緊急情況反而不會上鎖。

「阿楊究竟在想什麼啊。」劉昌永洩氣地回來。「走了半層，樓梯平臺之後竟然有一道臨時建的鐵門擋住去路！上面還有一把鎖！想往上走到天臺，也是一樣有道鐵門！」他展示出雙手。

「門？」周明輝喊道。「那我們不是被困住了嗎？」

「啊！你流血了。」李秀兒指著劉昌永的手說。

「他想撞開那道門，但被刮傷。」梁郁笙解釋。

「茶水間應該有急救箱。」李秀兒說著，一邊帶著眾人走。

一邊走佘栢桐都感到一股不安的氣氛在眾人間瀰漫著，這是當然的，逃生樓梯竟然會有一道上了鎖的門阻擋著去路，這表示，即使他們願意走八十八層樓梯，也不可能離開這裡。讓佘栢桐在意的是，為什麼要在逃生樓梯建一道鐵門？還要上了鎖？很明顯就是不讓頂樓的人能夠走下去，因為大樓還沒有啟用，所以嚴格來說這沒有違反消防條例，可是這樣做的目的是什麼？

茶水間就在樓層的西側，有點像小餐廳，放著五張小圓桌，還有電視、冰箱和有水槽的流理臺。急救箱就掛在那裡的牆上。梁郁笙拿下急救箱，從裡面拿出繃帶、剪刀、酒精和棉花。她先替劉昌永用酒精抹淨傷口，然後細心地綁好繃帶。

「咦？這個是什麼？」王頌勝從急救箱拿出一個手掌那麼大的盒子。

「是AED自動心臟電擊器嗎？」梁郁笙說，當醫生的她第一時間想到這個不足為奇。

「不像……」王頌勝看著裡面的東西。

「啊！我知道了，是緊急通訊用的電話！」陳洛祁恍然大悟。

因為手機和網路通訊的普及，有線電話差不多在幾年前已經被淘汰，但因為安全的考量，很多住宅和商業大樓都配備了緊急通訊用的電話線。那是即使停電還是能使用的電話線，不過只會直接通到緊急服務，並不能打其他電話。

陳洛祁拿出那看起來需要裝嵌的小玩意，盒子裡有說明書。

「我來幫你。」周明輝接過那電話，讓陳洛祁專心看說明書。

「嗯。那你聽好。」陳洛祁打開說明書開始唸著。「首先打開標示著A的蓋子，裡面會有電話的插頭，拿著插頭輕輕一拉就可以把電線拉出。把插頭插在牆上有古老電話標誌的插孔。」

李秀兒邊聽邊在牆上找尋插孔，原來就在掛急救箱的地方旁邊。

「接著打開標示著B的蓋子，裡面有連著耳塞、通話器的線和一支小棒。把線的另一端插進標示著C的小洞。那個小棒可以伸長，一端可以打開成手柄狀，另外像是螺絲的一端，恰好可以套在標示著D的地方。套好後順時針方向扭安裝把手，把手安裝好後可以轉動，旁邊有兩個小燈，當兩顆燈也亮起，就表示電話有足夠電源。之後只要按下上面紅色的按鈕，就會通話到緊急服務中心。」
就這樣，周明輝一邊聽著陳洛祁的說明，一邊安裝著那緊急電話。佘栢桐暗自驚嘆著，一般人做這樣的組裝，即使聽著指示，還是會忍不住瞄一下說明書，但是周明輝根本不用看，他只是聽著陳洛祁的講解，就漂亮地完成了。而陳洛祁也是一樣，儘管是第一次看這說明書，但是他卻能邊看邊流利地唸出來。
看著周明輝的舉動，佘栢桐有種似曾相識的感覺，可是他又說不上來是什麼。
電話安裝好後，周明輝按了紅色按鈕。
「喂？是緊急服務嗎？」周明輝好像接上了對方。「是的，我們現在有九個人被困在巴拿中心的頂樓。是的，就是崗康市北區新落成的巴拿中心。啊……是這樣嗎……呃，有人受了傷，不過只是皮外傷，已經進行了處理。嗯，所有人都安全。啊，我問一下。」周明輝轉過頭來。「你們有沒有人是病患或是什麼的，需要醫療的？他們說原來整個縣都停電，崗康市四處因為突然停電加上暴雨，引發不少緊急事故，消防隊和醫院都應接不暇……」
所有人都搖頭。
「嗯，我們這邊沒有需要醫療的。是，我們是在八十八樓……這樣啊，雲梯到不了這麼高是嗎……」
「喂！有沒有可能派直升機來救我們啊？」葉鴻大聲問。
「對，你也聽到了。啊，是嗎，原來如此，明白。好的，那如果再有緊急的事我們會再用這電話。」

掛上電話後，周明輝先是嘆了口氣。「看來外面的情況很差，好像是閃電破壞了供電設施，整個縣都停電。他們說，我們這裡太高，雲梯到不了，而且天氣太惡劣，直升機也不能起飛。所以他們說如果沒有即時危險的話，建議我們留在這裡等候電力恢復。」

沒有人作聲，一時間大家也不知應該怎麼回應。一方面明知道有其他人更需要援助，理性上明白應該留在這裡，但一方面主觀希望可以盡快離開這裡。

「那沒辦法了，希望他們明早會搶修好吧。」本來嚷著要離開的劉昌永，得知外面的情況更緊急後，反而冷靜了下來。果然除了是富商外，做為醫生的男友也不是白當的。

「那……既然暫時不能離開，」葉鴻伸了伸懶腰。「不如我們就先睹為快，參觀這新落成的巴拿金融總部吧！」

「啊，也好。」劉昌永拉著梁郁笙的手。這時佘栢桐才留意到梁郁笙面有難色，做為醫院外科主任的她，大概在掛記著醫院現在的情況吧。佘栢桐覺得劉昌永不是真的想參觀，他只是想分散梁郁笙的注意力。

「好！那就由李小姐帶我們參觀這新辦公室吧！」王頌勝像是小學生參加旅行般走在前頭，離開茶水間直向著大樓的西北角走去。

這時佘栢桐看到曾家偉和陳洛祁差不多慘白的臉。

順著他們兩人的視線，就是那在角落、大門緊閉的會議室。

等等！那不就是剛才李秀兒指示他們把楊安顏的屍體搬到的地方嗎？

 (我們做了!)

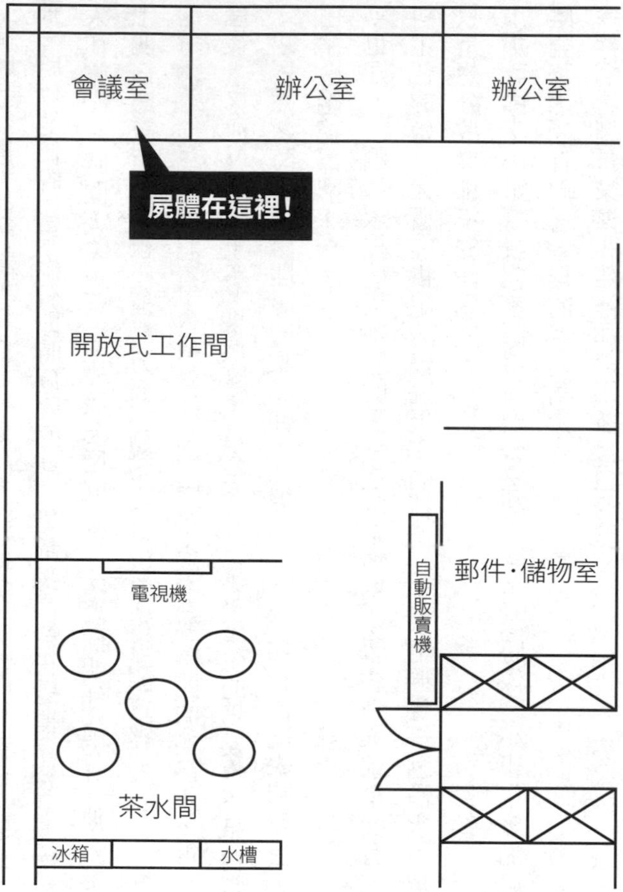
會議室
辦公室
辦公室
屍體在這裡！
開放式工作間
電視機
茶水間
冰箱
水槽
自動販賣機
郵件·儲物室

9

要建立個人品牌，這很重要。建立不了個人品牌的，只能依附機構的品牌來生存。

——楊安顏《我要做金融精英》

一行人離開茶水間，沿著走廊向著那角落走去。雖然只靠著指示逃生路徑的微弱燈光，但因為大家都認為只是暫時的停電，反而有種探險的感覺。王頌勝最興奮，邊走邊和其他人有說有笑。

其他人也滿輕鬆的，除了曾家偉和陳洛祁。他倆的臉色越來越白，一路上不發一言。

「這是？」不消一會，大夥已來到會議室的門外。王頌勝指著毛玻璃門問李秀兒。

「啊，這是會議室。因為新辦公室以現代為概念、摒棄個人辦公室，改為開放式的辦公空間……就是剛才一進門那些座位。可是一個團隊，無可避免也要進行一些討論，這時候都會用上會議室。這是其中一間比較大的。」明知楊安顏就藏屍在這道玻璃門後面，李秀兒卻還能沒當一回事地介紹。「除了會議室外，這裡還設有臨時個室，那是很特別的設計，不如讓我帶大家去看看。」

「等一下啦，反正我們現在有的是時間。」王頌勝輕輕推開玻璃門。那一刻，和曾家偉、陳洛祁站在最後的佘栢桐，好像可以感受到陳洛祁倒抽一口氣的氣息。

佘栢桐腦中想著的，是楊安顏的屍體大剌剌地躺坐在會議室的椅子上，瞪著雙眼看著他們的畫面。

他們有沒有為楊安顏闔上眼啊？佘栢桐立刻暗罵自己又在想無聊事。

「嗯，不過是普通的會議室嘛，走，去看李小姐說的『個室』！」

誒？

佘栢桐伸首進會議室一看——

裡面什麼也沒有，除了一般會議室的桌椅外。他回頭看曾家偉和陳洛祁鬆一口氣的表情，陳洛祁還俏皮地做了個鬼臉。

「幸好我說藏到櫃子中。」曾家偉輕聲說著，視線看著在牆邊的矮櫃。櫃子不高，但頗長，剛好可以讓屍體平躺著。

就像躺在棺材中一樣。

本來佘栢桐也鬆了口氣，但他發現了一件不得了的事。他用手肘撞了曾家偉一下，然後暗地指著櫃門。

在櫃門和櫃子的縫間，一塊看起來像是絲質的布料露出了一點點。

那是楊安顏的領帶！看到自己的失誤，陳洛祁嚇得臉又變回一時青一時白。李秀兒好像也發現了，她的臉也僵硬了一瞬，然後她立刻帶頭離開會議室，王頌勝和葉鴻也跟著走。周明輝用剛才佘栢桐瞪他的眼神看了陳洛祁一眼，示意他去弄好它。

「那是不是最新款的白板？」陳洛祁正想向矮櫃走過去時，沒想到劉昌永探頭進來看會議室裡面的設備。

「是，是的。」曾家偉走到櫃子前面，希望不要動作太大或不自然反而引起劉昌永的懷疑。「這是最新的白板，除了可以當一般的白板用外，只要筆電、平板電腦或手機接上會議桌上的連接口，就可以把電腦屏幕的影像投影到白板上，或是在白板上寫的東西，會存檔到電腦裡。」曾家偉擋在從櫃子中突出來的領帶的前面，像是電視購物臺的小姐般動作生硬地介紹著那白板。「哈哈，可惜現在沒有電，不能示範。」

「不錯，我公司也有，不過是上一代的，也許是時候更換了。」劉昌永邊點著頭邊離開。

曾家偉看了一眼那突出的領帶，對佘栢桐搖搖頭。雖然他們很想把領帶收回去，可是那一定會無可避免地發出聲響。而且客戶們已來過了，再回來看的機會很低。

於是剩下那三人也離開了會議室，最後離開的曾家偉把玻璃門關上。

過了藏屍體的會議室後，有感被發現的危機暫時得到解決，李秀兒和周明輝看來心情也放鬆了下來。他們用心地向王頌勝他們講解由於大部分人都沒有私人辦公室，當需要和客戶商討機密事情時，就可以利用那些「個室」。說是「個室」，但那是可以坐兩、三個人的小辦公室，裡面的設備和會議室差不多，也有一塊可以連線的小白板，只是沒有櫃子。

沿著走廊繞辦公室走了一圈，大夥來到了接待處以北的開放式工作間，本來以為很快結束時……

 (我們做了!)

「那是什麼？」劉昌永看著其中一張桌子下面的東西，他還爬到桌子底下。

——那是楊安顏的手杖！佘栢桐差點叫了出來，幸好及時忍住。

剛才和楊安顏打起架來時，手杖掉到地上滾到桌子底下，之後所有事發生得太快，沒有人記得這支手杖。

「這不是阿楊的手杖嗎？」劉昌永一眼便看出來了。「為什麼會在這裡？」

周明輝不知所措地看了看陳洛祁，又轉過頭去看曾家偉。看到周明輝這個樣子，佘栢桐真想給他一巴掌。

「咦？真的耶，楊總何時來過？」李秀兒一副不解的表情。既然周明輝已這樣了，不可能有解釋吧。乾脆裝作第一次看到。「說起來……今天我在公司見到楊總時，他好像沒有拿手杖。是吧是吧？」她看著周明輝。

「妳這樣說……我也好像記得……」周明輝一臉在回想的樣子。

「可能楊總昨天來巡視時，把手杖遺留在這裡。讓我星期一交給他吧。」李秀兒差不多是用搶地拿過劉昌永手中的手杖。

「可是他會這樣忘了手杖嗎？」本來不多話的葉鴻加入。「他不是腳有問題，沒有手杖的話走得不遠吧？」

的確，李秀兒的藉口不大有說服力。佘栢桐真想搖頭。

「會不會……」佘栢桐忍不住了。「就是看到手杖滾到桌子底下，一般人也要趴在地上才能拿到吧，何況他的腿有問題？他可能想反正今晚他會和其他人來，到時候再叫人幫他撿就好了。」

「對對對，一定是這樣。」陳洛祁附和著。

「應該會叫我去撿吧，沒理由要女士去做這種粗活。」周明輝笑著看李秀兒。

「別小看女人！」李秀兒裝作要用手杖打他。佘栢桐看在眼裡，他們兩人就像投手和捕手般一來一往，明顯就是要分散其他人的注意力。

劉昌永沒有再說話。但佘栢桐覺得他並沒有釋懷，那種感覺讓他覺得很煩擾。

好不容易參觀完後都已經過了午夜，電力還是沒有恢復，看來要在這裡過夜。大夥決定找個地方先休息，待明天一早睡醒後也許就可以離開。

「梁小姐，如果可以的話，請問妳介不介意陪我？」李秀兒向梁郁笙提出要求。看起來像是女生找女生陪伴，但是佘栢桐覺得，她是想藉詞監視梁郁笙不讓她亂走，萬一她想上廁所也可以跟著一起去。

「對啊，李小姐一個人睡在別處也不大好。就讓我來陪妳吧。」

最後決定李秀兒和梁郁笙睡在大樓西南角的會客室，那裡有讓客人坐的沙發，又較隱密，最適合給兩個女生休息，雖然梁郁笙說自己身為醫生，已經訓練到睡哪裡都可以。由於王頌勝、葉鴻和劉昌永是客戶，所以讓他們睡接待處的沙發，而佘栢桐、陳洛祁、周明輝和曾家偉則睡在接待處南面入口的那些開放式辦公座位。因為停電，從接待處進入辦公室的門會自動從裡面上鎖，只能從裡面出去而外面不能進入，所以他們用椅子卡在接待處南側入口的玻璃門，讓在接待處休息的客戶們，可以自由進入辦公室使用洗手間。

 (我們做了!)

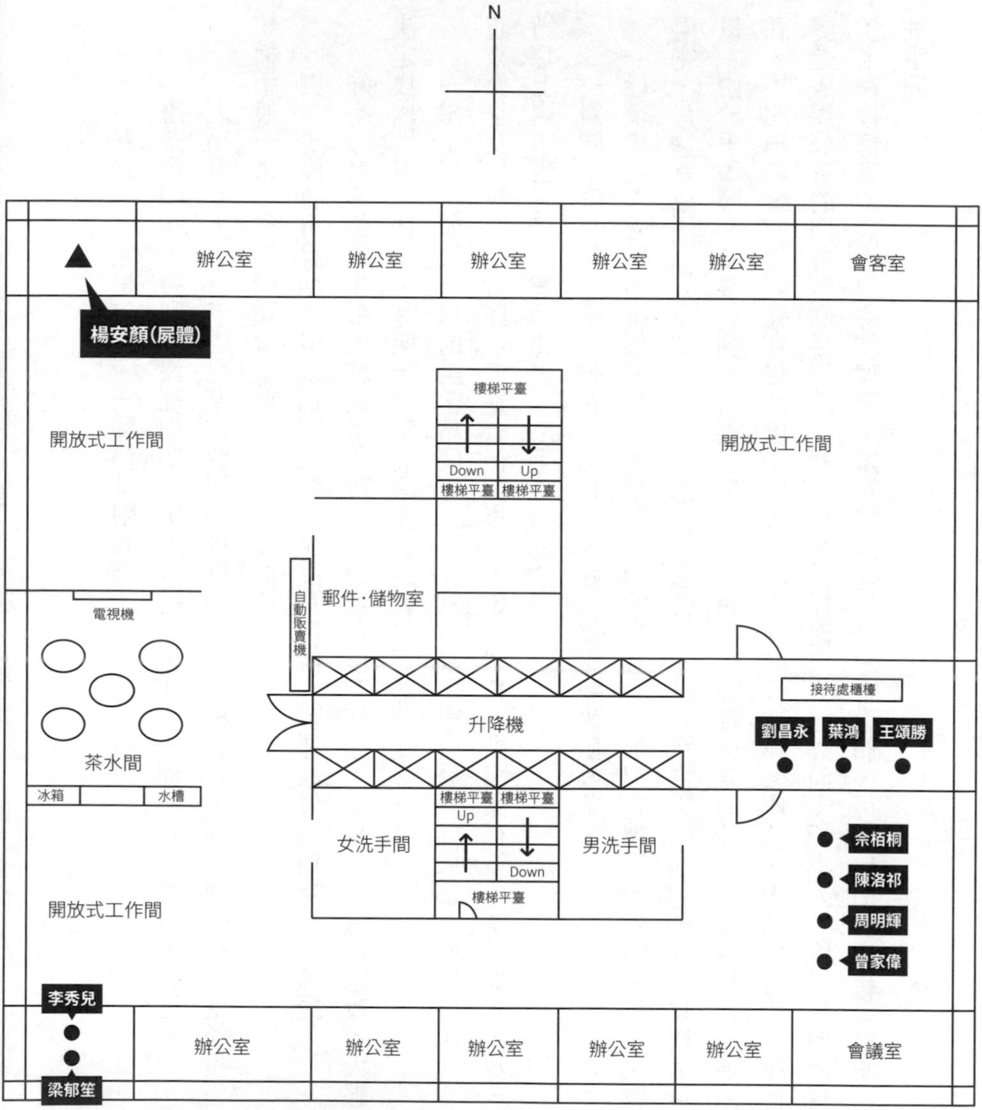
N
辦公室
辦公室
辦公室
辦公室
辦公室
會客室
楊安顏(屍體)
開放式工作間
樓梯平臺
Down
Up
樓梯平臺
樓梯平臺
開放式工作間
電視機
自動販賣機
郵件・儲物室
接待處櫃檯
升降機
劉昌永
葉鴻
王頌勝
茶水間
冰箱
水槽
樓梯平臺
樓梯平臺
Up
女洗手間
男洗手間
Down
樓梯平臺
佘栢桐
陳洛祁
周明輝
曾家偉
開放式工作間
李秀兒
梁郁笙
辦公室
辦公室
辦公室
辦公室
辦公室
會議室

安排好後，各人都紛紛準備休息。佘栢桐癱在椅子上，可是眼睛都離不開遠處角落的會客室。

秀嵐就在那裡。

自從三年前離開崗康市去倫敦後，這是三年來，他和她最近的距離，但又好像隔得比這三年還要遠。

佘栢桐第一次遇見李秀嵐，是他高中畢業那個夏天。

那年暑假，他決定回崗康市尋根。崗康市的一切，對佘栢桐來說都很新鮮。他看過有關這裡一些大城市的電視節目，可是崗康市和那些城市不同，那時沒有闊大的公路，沒有地下鐵，沒有現代化的大樓。但馬路旁種著沒見過的樹，街上沒有到處都是人，老舊的樓房有著很相近的建築特色，樓下都是很有個性的店舖，每幢樓房都是一排排、大約有五到六個相連的店家，上面是六至八層樓高的公寓。店子之間都有圓柱，圓柱上面多鑲嵌著彩色的階磚，成為每排樓房獨有的特色。

走著走著，佘栢桐漸漸從大街走到幽靜的住宅區，那裡有一個小公園，一群年輕人圍坐在一棵樹下面，佘栢桐下意識躲到一邊，為怕惹上麻煩。他看著那班人，不像是遊手好閒的不良少年，仔細看他們倒像是大學生。

「即使只剩下一點點的時間，我也要讓我的生命發光發熱！」說話的女孩聲線有點高亢，可是聲音有點抖。從聲音聽來像是一個患病的女孩，決定要在餘下的日子好好生活，可是在佘栢桐眼前不遠處的女孩，化了淡妝的臉不但沒有半點病容，而且雙眼還閃著任何眼妝或放大片也不能帶出的光芒。而讓佘栢桐肯定她不是病人的，是她手上拿著一本薄薄的書，而在她說話的同時，雙眼都是盯著那本書，明顯是跟著唸的。

其他人手上也有差不多的東西。

啊，他們是在排練舞臺劇。佘栢桐看出來，知道那是舞臺劇後，他不自覺從藏身的矮樹越走越前，也看清楚剛才那女孩。

女孩不是很漂亮，雖然眼睛很大，可是內雙眼皮令她看起來並沒有很深邃的五官。但是即便如此，在佘栢桐眼中，女孩在發光。不是年輕皮膚的光澤，而是從她身上發出、那獨有的氣息。

這女孩是天生的演員哪。這是在他和李秀嵐眼神對上的瞬間，佘栢桐第一個想法。她的眼神像是會說話，讓人忍不住被吸引過去。不過更吸引他的，是那雙看起來總是往上翹的嘴角，還真像一對勾人靈魂的鉤。

「你好……你要來看嗎？過來這邊啊。」李秀嵐揮著手叫佘栢桐過去。佘栢桐聽得出她故意放輕聲線，那甜美的聲音，讓佘栢桐想起咖啡店秋季限定的南瓜拿鐵。

其中一名男生向佘栢桐說明，他們是大學戲劇社的成員，一個月後將會有每年一度的新學期公演。為了給同學有耳目一新的感覺，他們希望找一個秘密的地方排練。

是崗康市炎熱的天氣使然？佘栢桐感到雙頰好熱。那不同於高中時偷瞄到女同學乳溝的那種感覺。

十八歲的夏天。

——想留下來。那是他第一次有那個想法。

之後那半個月，佘栢桐每天都會去公園看李秀嵐他們排練。有時候他會坐在旁邊看，但更多時候為了不打擾他們，佘栢桐喜歡攀上鋼架上從稍高的角度，看著李秀嵐專注地排練，看著她和其他演員打鬧，看著她滿意自己表現時的傻笑。

看著看著，到他發現時，已經滿腦子都是她了。

「不如栢桐你來客串一個角色？」一天晚上，李秀嵐突然問他。

「我？」

「有一場戲，群戲來的，你什麼也不用做，只是跟著其他人走過舞臺，中途停一下看著我唸對白。」說著她的臉靠了過去。「怎樣？要不要試試看？」

佘栢桐當然想參與，能夠和李秀嵐一同踏上舞臺，將會是這個夏天最美好的回憶。

可是，當這舞臺劇上演時，佘栢桐應該要回美國開學了。

沒有多想，佘栢桐寄信給大學，提出了請假的申請。

「你在看哪裡啊？」當導演的四年級生使勁地把劇本丟向佘栢桐，剛好擊中他的太陽穴。「不要以為長得帥就是演員！」

佘栢桐揉著被擊中的地方，他從來沒給人這樣罵過。

「沒有對白都要演戲！你這是做什麼？算了！休息十五分鐘！」說著男生氣沖沖地走開。其他人也鳥獸散。

李秀嵐拾起地上的劇本，坐到佘栢桐旁邊。「導演覺得你的表情不夠。」

那場戲是飾演患有絕症的李秀嵐，在醫院的天臺看風景，來探望她的朋友找到天臺，在黃昏的日落餘暉下，聽著李秀嵐唸出她對生命熱愛的對白。導演要求飾演朋友的，要「看著遠方的夕陽，對也同樣在生命盡頭的朋友感到欷歔」。

「在公園還可以做到，可是像這樣在戲劇社的活動室，哪裡有夕陽啊？」佘栢桐埋怨。「看來我還是不行……」

「你現在是演員耶。演員就是要讓觀眾感受到不可能，如果真的有個夕陽，那你就是真的看，不是在演出看夕陽。來，閉上眼。」李秀嵐說著，自己也閉上眼。

「什麼？」

「不要問，快！」

「好了。」佘栢桐閉上眼。

「你現在是在醫院的天臺，你看到什麼？」

「什麼看到什麼？閉上眼什麼也看不到啊。」

「你運用一下想像力好不好？」李秀嵐輕輕打佘栢桐的頭。

「好了，好了。醫院……天臺……水泥地，有欄杆。」

「天空……變成了金黃色。」李秀嵐像南瓜拿鐵的甜膩聲線，在佘栢桐耳畔響起。

「嗯……在這裡，可以看到遠方的地平線，橙黃色的夕陽……很貼近地平線……」

「那……栢桐你現在慢慢張開眼睛，要慢慢地……」

慢慢睜開眼睛的瞬間，佘栢桐的腦海，還殘留著那個夕陽，他不自覺地看著遠方，他覺得自己看到了夕陽，但是理性告訴他這是不可能的，這讓他感到一陣悵惘。

「就是這個表情。」李秀嵐的臉很近。「剛開始時我就是用這個方法，去進入戲中的場景。」她輕拍佘栢桐的手。「加油！」

「呃……嘩，很棒。」佘栢桐興奮地笑著望向李秀嵐。

「什麼？」

「剛才，好像和妳一起穿越了時空，去了另一個地方。」

李秀嵐只是望向前方不停傻笑。並肩而坐的兩人，看著遠方那個只有他倆看得到、貼著地平線的夕陽。

到了演出的那一天，在舞臺上，雖然只是和其他人一起走出舞臺，然後在中間停下來，看著李秀嵐唸對白，可是那短短兩分鐘，他愛上了照在他身上的鎂光燈；更重要的是，他愛上了在舞臺上發光的李秀嵐。在舞臺的化妝襯托下，突顯了她那雙會說話的眼睛。

之後佘栢桐作了個更戲劇性的決定，他以學中文為藉口，在崗康市留了下來，他考上了和李秀嵐同一所大學，一邊打工一邊參加大學的戲劇社。

那時佘栢桐以為，這樣的幸福光景永遠不會有完結的一天。直到李秀嵐從大學畢業。她決定報考劇團，可是不是主修戲劇的她，演員之路並不平順。她有參加過一些小劇目的演出，都是沒有人會記得的角色。

(我們做3!)

後來佘栢桐到了英國，都和她有通電郵和傳簡訊，第一年在她生日時還寄過一個印有劇場區照片的匙扣給她。開始時她也有回覆，可是漸漸回覆也越來越短，然後無聲無息地沒有再聯絡。

那時候佘栢桐不斷搜尋娛樂新聞，他多麼希望她是突然大紅大紫才拋棄過去，可是一直都沒有她的消息，當時大學戲劇社的朋友也各散東西，沒有人知道李秀嵐的近況。

想不到她現在竟然改了個那麼平凡的名字，不過看來她的生命不再平凡。現在的她，已經是賺大錢的金融精英，身上穿的是高級優雅的套裝。

原來她是拋棄了做為演員的過去。

但是她不再有光芒。如果她不是他認識的李秀嵐，在街上擦身而過的話，他大概也會看她一眼，可是在走到下一個街口前，他大概已經忘了她的長相。

這是佘栢桐重遇上她之後的感覺。

雖然已經夜深，又經過整晚的折騰，可是因為想著李秀兒的事，加上佘栢桐他們所在的開放式辦公間，是從接待處到洗手間的必經之路，為了不讓客戶們亂走，他們故意只用椅子抵著南側的玻璃門，每次有人從接待處進來，推開椅子的聲音都會把佘栢桐吵醒。所以他一直都只是在淺眠的狀態。

他看著所有人都上過洗手間，不知是不是心理作用，明明休息前上了廁所的他如今也覺得有尿意。上完廁所後，他看到不遠處的女廁門外有個反光的東西。

那是一支口紅。

佘栢桐認得，那是李秀兒大學時最愛用的口紅品牌。

「我覺得所有的化妝品之中，最重要的是口紅。」

他還記得，還是大學生的李秀兒，曾一臉俏皮地向他展示她對口紅的看法。

「一只讓人想不顧一切吻下去的嘴唇，可以比女人身體任何一個部位都要性感。」那時李秀嵐邊說邊走近佘栢桐，塗了深粉紅色口紅的嘴，漸漸湊近他的。她越接近他，他越坐得筆直。她說得對，雖然她是靠得那麼近，可是他的眼中和腦中，只有那片深粉紅色的嘴脣，他甚至看到她脣上的脣紋。那兩個微微向上勾的嘴角，讓佘栢桐分不清，那只是她天生的貓嘴，還是她真的是在笑。

「就像這樣，對方感受到我嘴中的氣息，看著我的嘴，幻想著這張嘴可以做的……」

還差一點點，只要李秀嵐再湊近一點，佘栢桐就會真的不顧一切去吻她。

「所以，」李秀嵐突然退後，臉上出現一個俏皮的笑容。「反過來說，太突出的脣妝，對我們女演員來說可能是障礙，會讓觀眾都抓錯重點，除非是角色需要。因爲觀眾只看到我們的嘴，而看不到我們的臉部表情。」

佘栢桐想起這段往事都不禁失笑，笑自己當年的單純。現在的他，當然不會單單因為女生靠近而感到害羞，他很清楚自己的魅力。只是他曾幻想過，當有一天他們真的在一起時，他會輕描淡寫地把這段往事當笑話般告訴她。

現在他握緊手中的口紅，決定以此為藉口去找她。

可是這是大學生愛用的廉價品牌，想不到今時今日的李秀兒還會用，在洗手間的鏡子前亮出這支口紅，李秀兒不會怕被人白眼嗎？

佘栢桐知道自己又在想無聊事了。

向著李秀兒和梁郁笙所在的會客室走著時，佘栢桐想起藏在西北角會議室的楊安顏的屍體，楊安顏的領帶到現在還是露了一角出來，他想到不如趁現在去把它藏好。

於是佘栢桐改變了方向，正要向北側的會議室走去時……

「你要去哪裡？」李秀兒從會客室走了出來，輕聲地叫住佘栢桐。

「誒？妳看到我走過？」佘栢桐回頭看她們所在的會議室，理論上在裡面應該看不到他的。

「我放了鏡子。」李秀兒搖晃著手中的鏡盒。在微弱的燈光下，佘栢桐好像看到李秀兒在笑，和早些時候對著客戶的職業笑容不同，那個笑臉，是她還是大學生時代、俏皮又率直的笑，就像那次談口紅時成功作弄自己的表情。

「啊，所以妳一直沒睡？」

李秀兒搖頭。「在這種情況下，能睡著才怪。」

「還放了鏡子，妳很小心嘛。」

「這裡只有我和梁郁笙兩個女人，雖說劉昌永也在，但誰知道外面那些人會幹什麼？」

「那有沒有人從這裡經過？」

「沒有。我放鏡子的角度是反映女廁門外到茶水間那邊，免得有人躲進女廁。直到你出現之前，都沒有人經過。」李秀兒看了看會議室的方向。「你是要去『那裡』？」她壓低了聲線。

「嗯，他的領帶露了出來，雖然應該不會再回去，但趁大家都睡了我想把領帶藏回去。而且……」

「你想找找他身上有沒有鑰匙。」

佘栢桐微微點頭。劉昌永說樓梯的去路被一道上了鎖的鐵門擋著，而今晚楊安顏約了客戶來這裡，顯然是要給他們看看這大樓，所以說不定他身上會有鎖匙。

「也好，我和你一起去。」

佘栢桐和李秀兒並肩向北側的會議室走去，時間彷彿又回到了大學時代，還沒發展的崗康市，他倆曾一起並肩走過無數的街道。

「想不到你會回來。」李秀兒先開口。

「我那時沒有說不回來啊。」佘栢桐笑說。

「那時候……那件事以後，我以為你……」李秀兒抿一抿脣。

「都過去了。」佘栢桐故意看別的方向。

是的，當時以為很不得了的事，只是短短幾年，已經變成只是回憶的一小部分。

幸好走道不是太長，本來開始尷尬的氣氛，因為到達會議室而結束。

佘栢桐讓李秀兒在外面把風，他向牆邊的矮櫃走去，準備打開櫃門把領帶塞回去。

「咦？」佘栢桐走到矮櫃旁，可是並沒有看見之前在門縫露出來的酒紅色領帶。難道有誰已經來弄好了？佘栢桐想，可是立刻便推翻這個想法。不可能，李秀兒說她放了鏡子，如果有人經過女廁門外她一定知道。

應該是，可是一個不安的念頭，在佘栢桐腦中揮之不去，他邊想著邊打開櫃門。

果然……

櫃子裡面空空如也。

10

每一次發表意見前，一定要預計對方可能會攻擊的地方，並做出準備。如果想不到反擊的方法，那可能表示你的想法有著致命的弱點。

——楊安顏《我要做金融精英》

「不見了？為什麼會不見了？」周明輝誇張地揮著雙手，可是他的聲音卻是輕得像耳語一樣，構成一幅滑稽的畫面。

可是現在沒有人有心情笑。

發現本來藏在會議室矮櫃中、楊安顏的屍體不見了之後，李秀兒趁梁郁笙睡得很熟，便到開放式工作間與周明輝他們會合。

「我也不知道。」佘栢桐繞著雙臂。「我本來想把露出來的領帶藏好，可是沒想到屍體竟然不見了。」

「所以……會不會是王頌勝他們其中一人，把屍體藏到別的地方呀？」陳洛祁問。

「可是他們不會知道楊安顏的屍體在那裡。」曾家偉說。「如果是偶然發現的話，他們理應會大吵大鬧，而不是靜悄悄把屍體藏起來啊。」

 (我們做了!)

「他們不可能發現屍體。」李秀兒斬釘截鐵地說。「我在我們休息的房間已放了鏡子，一直盯著女廁門外。接待處北側的玻璃門是鎖上的，我們只在南側的玻璃門放了椅子好讓門不會上鎖。所以誰要去那會議室，只能用南側的走道，那就必定會經過女廁門外，而我一定會看見。可是除了剛才栢桐經過之外，我沒有看見任何人經過。而看見栢桐之後，我們一直都在一起，並一起發現屍體不見了。」

「難道……」曾家偉雙臂繞在胸前。「其實楊安顏還未死？他是自己離開了？」

李秀兒本想開口說什麼，但佘栢桐及時拉了她手腕阻止了她，其他人沒有看到。佘栢桐靜靜觀察著各人的表情，他們的臉像是在說，其實他們也想到這個可能性，可是沒有人想說出來。曾家偉的話就像一枚原子彈投下來一般，只留下一片死寂。

「喂，那時不是你去確定楊安顏是不是死了的嗎？」周明輝轉向陳洛祁。

「我……」陳洛祁看來有點慌。「我、我是有去看他還有沒有呼吸，可是只是那一瞬……如果那是裝的話……」

「所以有可能是楊安顏為了脫身，故意裝死，然後待大家不注意時悄悄離開了大樓。」曾家偉分析著。「可是當時他的樣子，被刺之後那痛苦的表情，那個死前的掙扎，還有流出的血，有可能是裝的嗎？」

「楊安顏不可能離開這裡。」佘栢桐終於說。「至少憑他一人的力量。」

「為什麼你能那麼肯定？」曾家偉聽來有點不服氣推理被推翻，他走近佘栢桐一點。

佘栢桐雖然個子比曾家偉矮，但是他並沒有畏縮。「堵著樓梯的門還是鎖著的，南側和北側都是。」

「樓梯？」曾家偉像是想起什麼。「啊！」

發現楊安顏的屍體不見了後，佘栢桐和李秀兒立刻想到，說不定楊安顏是裝死，然後利用逃生樓梯逃走。雖然逃生樓梯被門堵著，但由於是楊安顏安排其他人來的，想必他身上一定有鎖匙。

「我們兩邊的樓梯都查看過，鐵門的鎖還是鎖上的。」李秀兒說，並開了手機給其他人看拍下了的照片。

雖然是後樓梯，可是裝潢一點也不馬虎。整個牆壁是立體的木欄設計，樓梯兩旁在腳踝高度的牆上有緊急的後備LED燈，在樓梯平臺走下幾級樓梯，卻是有一道完全不搭調，焊接在牆壁上的鐵門，阻擋著下去的路。鐵門上的雖是普通的鎖頭，但看來很堅固，不是很容易能破壞的那種小鎖。

而且那是密碼鎖，三組五位數字的密碼，所以不會有鎖匙。

「就算楊安顏有密碼，可是當他開鎖走下去的話，也不可能重新從裡面上鎖。」佘栢桐解釋著。「我們仔細檢查過那把鎖和鐵門，看來沒有什麼機關從外面上鎖。」

「所以他不可能是自行離開逃走的。」曾家偉一臉沉思的樣子。「那他去了哪裡？」

「不如……我們走一圈看看？」周明輝提出。「他受傷了，很可能只是藏起來。」

為免太多人一起行動吵醒客戶們，他們決定讓李秀兒先回去和梁郁笙休息的會客室，陳洛祁和曾家偉也回到樓層東南角的開放式工作間留守，然後由佘栢桐和周明輝負

(我們做了！)

責繞著樓層走一圈。他們每個房間都走進去查看，確定屍體不在裡面，再往南走經過開放式工作間，一直走到接待處，因為客戶們在接待處睡著了，所以為免驚動他們，佘栢桐和周明輝就走回頭，去檢查另一邊的房間，連女廁也不例外。

可是什麼也沒有——回到接待處南邊的開放式工作間時，李秀兒也來了，佘栢桐和周明輝道出他們檢查的結果。

「其實……相比他是怎麼離開，大家有沒有想過……他究竟是怎麼來的？」陳洛祁突然提出。

「怎麼說？」李秀兒問。

「我在想……那時候我們都聚集在東北角的工作間，雖說我們沒有特別盯著接待處那邊，可是有可能真的連楊安顏來了也不知道嗎？我只是覺得，當時楊安顏好像是突然出現在我們身後的。」

「會不會是他其實一早來了，但剛巧在樓層的其他地方？」

「如果他比我們早到的話，那我們一定會在樓下見到他的座駕和司機啊。」這次輪到周明輝以堅定的語氣說。「可是我來的時候沒有見到他的車子，不論是停車場還是大樓正門外面。」

沒有人說話。

「好了，大家也累了吧。」周明輝伸了個懶腰，並看了一下錶。「還有兩個多小時便天亮了，不如先好好休息，待天亮以後再打算。」

是錯覺嗎？佘栢桐想。剛才陳洛祁飛快地看了每個人一眼，而他的臉，彷彿籠罩了一點陰霾。

「同意。」曾家偉點頭。「現在的情況太混亂，我也覺得好好睡一覺，讓頭腦休息一下。待明天有陽光，要調查還是再找也容易些。不過……」

「嗯？」

「因為還不清楚楊安顏的情況，我覺得我們需要重新分配我們留守的地方。」曾家偉看著李秀兒所在的會客室的方向。「妳回去和梁郁笙待的會客室，畢竟只有妳能和她共用一個房間；陳洛祁，你待在茶水間；周明輝，你繼續待在這裡，選靠近接待處的位子。佘栢桐……」

「我要待在李秀兒旁邊的辦公室。」

「誒？」李秀兒有點意外。

「現在楊安顏是生是死，是不是還在這大樓中還不清楚。陳洛祁和周明輝看守的地方離她們都有點遠。如果真的有什麼事情發生的話，只有兩個女人在那裡太危險了。」

「我可以……」李秀兒有點不服氣。

「不要逞強。」佘栢桐輕按著李秀兒的手臂。「不只是妳，還有梁郁笙的安全。」

「如果這樣……」曾家偉托著下巴。「那我就在北側中間的辦公室吧。本來我想說佘栢桐在北側的開放式工作間，我在西北角的辦公室，但現在這樣也可以有滿好的覆蓋範圍……」

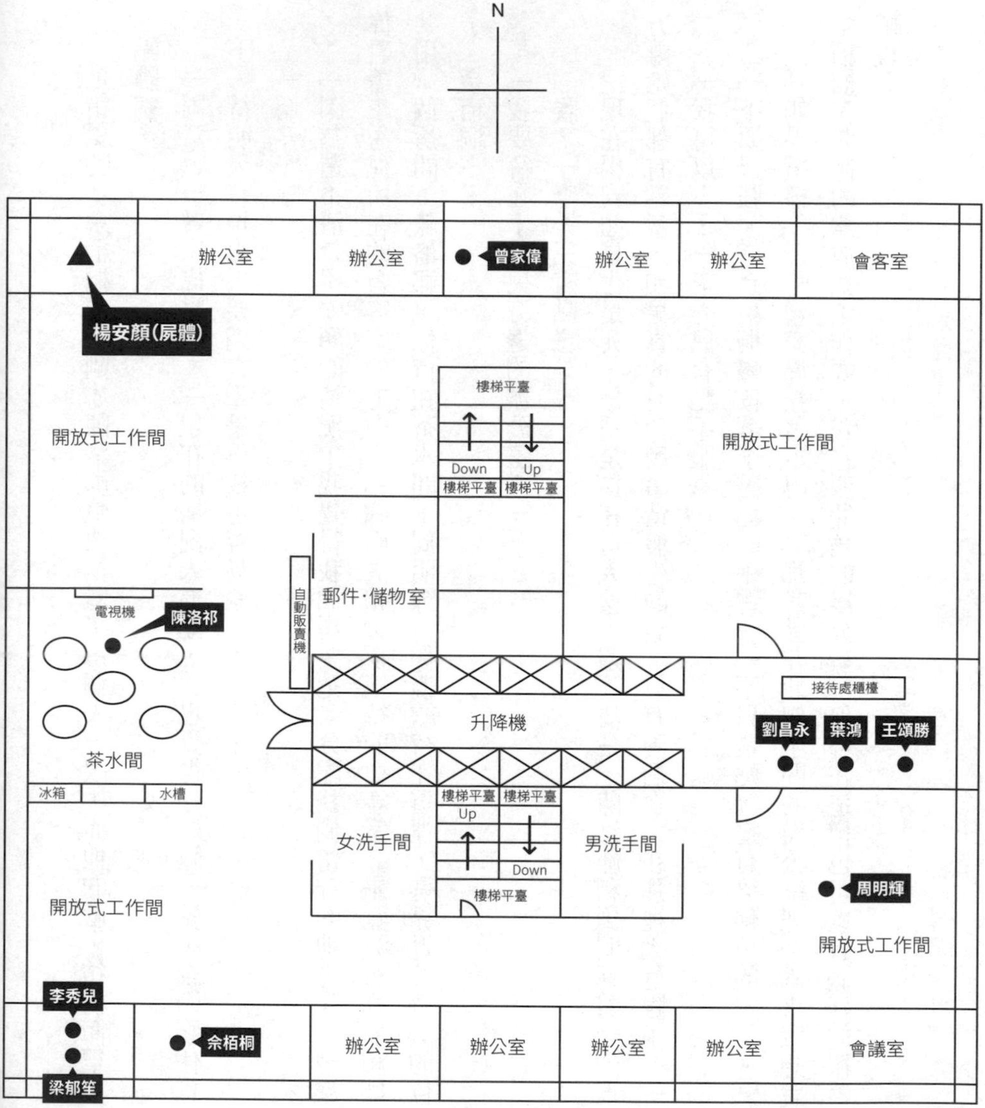
N
辦公室
辦公室
曾家偉
辦公室
辦公室
會客室
楊安顏(屍體)
開放式工作間
樓梯平臺
Down
Up
樓梯平臺
樓梯平臺
開放式工作間
自動販賣機
郵件·儲物室
電視機
陳洛祁
接待處櫃檯
升降機
劉昌永
葉鴻
王頌勝
茶水間
冰箱
水槽
樓梯平臺
樓梯平臺
Up
女洗手間
男洗手間
Down
樓梯平臺
周明輝
開放式工作間
開放式工作間
李秀兒
佘栢桐
辦公室
辦公室
辦公室
辦公室
會議室
梁郁笙

於是所有人便根據曾家偉的分配到不同的地方休息，不過大概是因為楊安顏的屍體不見了的衝擊太大，佘栢桐根本睡不著。

佘栢桐是九點十五分左右到達，比楊安顏約定的晚了十五分鐘，那時候李秀兒他們已經在頂樓。如果楊安顏比他們還要早到的話……

「睡不著？」李秀兒的身影突然出現在門口。

「嗯。剛才的氣氛有點怪。」

李秀兒也留意到了，分配好房間後，大家沒有再說話，但是每個人的眼神，都好像在盤算著什麼。

「大家都沒有說，但心裡很清楚。既然楊安顏沒有藏起來，那他利用樓梯離開後，還能從裡面上鎖不是不可能……」

「如果不是有人把屍體藏起來，就是有人在楊安顏離開後，把那道臨時門再上鎖。」李秀兒低頭帶著微笑走進辦公室內。

「妳……還是看著梁郁笙比較好吧，免得她醒來亂走。」

沒有理會佘栢桐，李秀兒走到他旁邊倚在辦公桌旁，還故意輕撥一下長髮。只是這次他沒有再因她的接近而身體僵硬。對女人，現在的他從容多了。

「她睡得很熟。」李秀兒環抱雙臂，一隻手看似不經意地撫著頸項。「而且現在又不怕她會看到屍體。」

佘栢桐看著李秀兒，他完全明白她在試探他。如果不是眼下的情況，他真的想把李

 (我們做了!)

秀兒推倒在辦公桌上。只是，現在有一件事他更想做。

「秀、秀兒，」佘栢桐故意裝一點不自然，李秀兒這樣做，如果沒有逗到自己，反而會讓她感到羞辱。「妳可不可以告訴我，你們會約在這裡，究竟是什麼原因？」

聽到佘栢桐這樣問，李秀兒坐直身子盯著他。「你……和以前不同了。」

沒有，我沒有變，佘栢桐很想告訴她，在他心底深處，他還是那個小伙子。

李秀兒嘆了口氣。「我們……收到了匿名電郵。那個人說他握有楊安顏的把柄，如果我們願意加入的話，可以從楊安顏那裡敲一大筆。」

「那不是勒索嗎？」佘栢桐想起他聽到楊安顏說，他叫他的員工要保持飢餓感，但不是對他的錢有飢餓感，原來是那個意思。「你們本來是打算敲詐多少？以秀兒妳現在的職位，為什麼還要貪那點錢？」

「我現在的職位？」李秀兒冷笑一聲。「那只是表面風光，很多事，你不會明白的。不，本來你會明白，如果楊安顏不是死了，那你在他手下工作就會明白……」

「那是誰發起的？」

「不知道。本來今晚就會知道，但是一切發生得太快，大家都來不及說清楚。」

「會不會是他們其中一人？」

「唔……又不像是。我們見到面時，都有種『是你叫我出來的嗎？』的表情。」

「妳認識他們每一個人嗎？」

「我……」李秀兒想說什麼，但佘栢桐突然把手指放在她嘴前示意她不要說話，雙手做出向前推的動作，叫李秀兒向後退到辦公室更裡面。

「你也沒睡啊。」外面傳來聲音，李秀兒認得是陳洛祁的聲音。

「差不多了，我也很睏。」佘栢桐打了個呵欠。「你還是睡不著啊？」

「啊……我、我只是想去個廁所。那……晚安了。」向佘栢桐揮手後，陳洛祁雙手插進褲袋，一副有型的樣子走著。

「啊，嗯。」佘栢桐探頭出去，看著陳洛祁走向洗手間的身影，沒想到他突然回頭，還和佘栢桐的視線對上了，兩人只好尷尬地相視而笑。

看到陳洛祁拐了彎後，佘栢桐立刻拉著李秀兒離開辦公室。「快！趁陳洛祁上廁所時回去，不要讓他看到。」

李秀兒噗地笑了出來，她湊到佘栢桐的耳邊。「我們好像在偷情呢。」說完她踏著像是跳躍的步伐回到隔鄰的辦公室。

嘖，又被她逗了。佘栢桐心有不甘地想著。

他回到靠近門口的位子，想著很快就會看到陳洛祁回來吧，不知過了多久，還沒看到陳洛祁，他就不知不覺睡著了。

一直到第二天他醒來，都沒有見過陳洛祁。

11

我喜歡和有夢想的人工作。如果沒有感情因素，只是以利益來維繫的關係，永遠會有別人能提供比你好的條件。

——楊安顏《我要做金融精英》

雖然補眠了幾小時，但是佘栢桐還是明顯睡眠不足。直到聽到其他人都開始在走動，他也不得已起來。他嘗試去開辦公室的燈，但是電力還沒有恢復。

「早安。」在洗手間碰到在洗臉的王頌勝，佘栢桐邊按摩著肩邊打招呼。

「呵，睡得不好嗎？」王頌勝拿抹手紙抹臉。「難為你們了，把沙發讓給我們這些老人家。」

「不不不，千萬不要這麼說。只是我前天才從英國回來，時差加上遇到這種事。」佘栢桐打開水龍頭，可是不小心開得太猛，水柱從水龍頭衝出來，還在水槽反彈出來濺濕了王頌勝。

「啊，對不起。」佘栢桐連忙關小水龍頭，並向王頌勝道歉。

「哈哈，不要緊。我剛才也弄濕了一下。」王頌勝笑著。「新大樓就是不一樣，連

 (我們做3!)

頂樓的水壓也那麼大。」

「昨晚你們在接待處睡得好嗎？」佘栢桐想探問一下。

「不錯，多謝關心。」王頌勝說時葉鴻進來，佘栢桐和王頌勝對他點頭打招呼。

「英國？啊！你就是李小姐的學弟！」

「嗯？」

「早陣子李小姐來我辦公室，我見到她的鎖匙扣，裡面的照片是皮……皮……」

「皮卡迪利圓環。」佘栢桐接下去。「那鎖匙扣是我給她的。」

「對！對！皮卡迪利圓環。我記得她說那是倫敦的劇場區。」

咦？李秀兒竟然會說那是劇場區？她不是不想客戶知道她和劇界的交集嗎？佘栢桐想著，可是心裡卻又為李秀兒帶著他送的匙扣暗自高興。

「那也是有名的遊客區，附近有不少購物商店。」

「哈，那千萬不要給我老婆知道。」

「那……」佘栢桐想拉回話題。「你們有沒有半夜醒來？畢竟不是自己的床。」

「沒有，所有人都睡得很香。你們這些年輕人真不能捱苦呢。想當年我在小工廠當主管時，在工廠裡睡可是家常便飯。」

「不要說以前。」葉鴻也加入。「只說幾年前開發我公司的產品時，我也不知有多少晚是在辦公室裡睡覺的，所以很習慣了。話說回來，電力好像還沒恢復。」

「是呢，真傷腦筋。」王頌勝說。「唔……這樣說真不好意思，不過在這裡這麼久，肚子也有點餓了。」

「啊。」佘栢桐像是想到了什麼。「茶水間不是有自動販賣機嗎？可以去看一下。」

當他們三人到達茶水間時，其他人已經在那裡了。

「看來我們還是有一點點運氣。」周明輝笑著說。「冰箱裡有食物和鋁箔包飲料。」

「有一些三明治，看來是楊總為昨晚的聚會準備的，好像沒有變壞。不過只夠我們當早點吧。」梁郁笙說著。「如果再久一點的話……」

「雖然有自動販賣機，但是沒有電，即使有零錢也買不到耶。」周明輝踢了一下自動販賣機。

「其實……」曾家偉敲著自動販賣機的櫥窗玻璃。這款自動販賣機，透過玻璃窗可以看到裡面的東西，洋芋片和能量棒一排排地在販賣機內。「現在是緊急情況，即使打破這玻璃去取出裡面的東西也不會過分吧。」

沒有人反對，大概大家也肚子餓了吧。曾家偉隨手拿起茶水間的椅子。「小心，請退後一點。」然後他用椅子打破了販賣機的玻璃，再小心把裡面的食物都拿出來。

「雖然看起來很多，但因為不知還要在這裡多久，我提議把這些平均分配。」劉昌永提出後，眾人都沒有異議。分配好食物，清理好地上的玻璃碎片後，大家都坐下來默默地吃三明治。

「呵～」劉昌永伸了個大懶腰。「如果可以有杯咖啡就好了。」

「對。」曾家偉吃完三明治，本來他還想拿能量棒來吃，但還是放下來。「這個季節，咖啡店差不多推出秋季特飲了。」

「他不喝連鎖咖啡店的咖啡。」梁郁笙笑著說。「他總愛到公司附近的小店，他說和店員談話也是享受咖啡的一部分。」

「那是咖啡師經營的店，咖啡素質和連鎖店完全不同。」

「可是連鎖店的咖啡機不是更能做到味道一致的咖啡嗎？」佘栢桐問。

「機器可以達到一致性，但就少了驚喜。」

「啊啊，我明白。」周明輝興奮起來。「我以前在紐約也是，不會到名牌連鎖咖啡店。我最愛的，是一架賣咖啡小食的小卡車，每天都會停在百老匯，那些咖啡豆是老闆自己烘焙的。隨著老闆的心情不同。」

「原來你在紐約待過？」葉鴻好奇地問。「都沒聽你提過。」

「呃，」周明輝搔搔頭。「嗯，在那裡唸過書。」

佘栢桐留意到李秀兒悄悄別過臉翻了個白眼。

「對了，」梁郁笙轉頭四處張望。「怎麼還不見洛祁？」

經她這麼一說，眾人才發現他不見了。

「是不是在洗手間？」李秀兒問。

「不會，我們是最後出來的人。」葉鴻指著自己、王頌勝和佘栢桐。「都不見其他人在裡面。」

「他昨晚是在這裡睡的，誰是最早來到茶水間？」周明輝問。

「我們是最早來的。」劉昌永說。「可是沒有見到他。」

不會吧？佘栢桐不禁想，又多一人消失了？怎麼好像那些推理劇一樣？

「找一找吧？」梁郁笙說。「有些人看起來好健康，可是卻突然倒下。我只是怕他會不會在哪裡倒下了。我們都餓了一整晚，因為血糖低而暈倒還是有可能的。」

一行人又再繞著樓層走了一圈，和前一晚一樣，讓佘栢桐有種既視感。

「真有點既視感。」周明輝邊走邊喃喃說著，他的臉色十分蒼白。曾家偉立刻用手肘撞周明輝，怕他繼續亂說話。

走了一圈，連後樓梯也看了，但也一如所料，沒有找到陳洛祁，他就像突然從樓層消失了一樣——和楊安顏的屍體消失的情況一模一樣。

「快聯絡外面。」劉昌永儼如領導的角色。「用茶水間的緊急電話。情況有變，和昨晚不同，現在有人失蹤了，我們在緊急救援的優先順序也會提前很多。」

眾人都差不多是用跑的回到茶水間，可是卻發現那緊急電話不在原來的地方。

「電話……不見了……？」王頌勝用有點自問自答的語氣，可是也難掩飾他的不安。「剛剛還在嗎？」

這時佘栢桐才發覺，剛才在茶水間吃東西，但都沒有留意緊急電話的事。

梁郁笙倒是打開所有櫃子查看。「在這裡！」

本來應是掛出來的緊急電話，被丟在櫥櫃裡面——正確來說，那已經不是緊急電話了，只剩下一堆被砸爛了的塑膠和金屬。

 (我們做了!)

「為什麼……？」葉鴻向櫃子走近一點。「是誰把緊急電話打爛的？」

「不行。」劉昌永蹲下來看著那些零件。「重要的部分都破壞了，根本不可能修理。」

也就是說，我們被困在這裡了。佘栢桐腦海中出現的第一個想法。果然變成推理劇了？

「是陳洛祁。」佘栢桐聽到曾家偉輕聲說。因為聲音很輕，而且客戶們都蹲下來圍著緊急電話，所以只有佘栢桐他們站著的幾個人聽到。看到佘栢桐的目光，曾家偉故意望向別處，輕輕托了一下眼鏡。

「會不會是……」佘栢桐提出。「陳洛祁昨晚不小心弄壞了緊急電話，然後想嘗試走樓梯去求救？可能……他找到辦法破壞了那道鐵門。不如讓我再走一次樓梯看看？」

佘栢桐也知道這是很爛的藉口，但是他希望能蒙混過去。對佘栢桐他們來說，陳洛祁的失蹤已是繼楊安顏的屍體消失了之後的第二件怪事。可是對客戶們來說，陳洛祁的失蹤只是第一起事件，加上緊急電話被破壞，為免他們恐慌，要暫時把情況控制，雖然情況有變，但是他們要對客戶把楊安顏被殺的事保密這個目的還是沒變。如果不提出這個可能，在客戶眼中反而覺得奇怪。

「我贊成。」沒想到劉昌永這樣說。「去看看吧。」

當然，結果也是一樣，無論是南側還是北側的逃生樓梯，都被那道臨時築起的鐵門擋著，密碼鎖還是牢牢地拴在那裡。

「那怎麼辦啊？那我們是真真正正求助無門了。」王頌勝聽來也好像開始失去了方寸。

「各位冷靜。」梁郁笙半舉起雙手。「現在大家沒有即時的危險。這裡的食物，雖然不是最好，但還是可以撐幾天，而且最重要的是這裡有食物、水和衛生設備。我想再壞的情況後天電力也應該恢復，不，只要手機訊號回復正常，我們就可以求救。」

也許因為她是醫生，在這種情況下連王頌勝這樣的大男人也失去冷靜，但她卻能冷靜分析眼下的環境，她說的話甚有安撫作用，佘栢桐想起很會哄小孩的兒科醫生。

本來愉快的早餐時間，因為陳洛祁的失蹤和緊急電話被破壞，氣氛一下子變了。客戶們默默吃過早點後便回到接待處，其他人則留在茶水間。

「你去接待處那邊。」李秀兒對佘栢桐說。「幫我們監視王總他們，可以嗎？」她用那既溫柔但又自信的聲音，讓佘栢桐難以拒絕。

他笑著走到接待處那邊。「他們那邊都不說話，很無聊。」

「歡迎。」梁郁笙坐開一點，讓佘栢桐坐到她旁邊。「你說過你剛從國外回來？是在那邊唸書？」

「呃……其實也算是不務正業，哈哈。」佘栢桐搔搔頭，完全代入了不務正業小伙子的角色了。「如果不是楊先生的出現，我也許會繼續打零工，有一天算一天吧。不過其實我也有點擔心，因為我對金融業一無所知。話說回來，其實巴拿金融是幹什麼的，和你們的公司又有什麼關係？」

「那你之前不知道楊安顏這號人物嗎？」劉昌永問。

 (我們做3!)

佘栢桐一臉無辜地搖頭。「我在外國也沒有特別留意。」

「楊安顏，或是巴拿金融，他們被稱為機構投資者。」劉昌永開始解釋著。「和機構投資者相對的是零售投資者。零售投資者就是一般普羅大眾利用自己的私人戶口，通過銀行或經紀去投資。而機構投資者就是代表一個集合了的資本或是機構去投資。舉個例子，一般市民去銀行買某個基金的單位，市民就是零售投資者；而那個基金集合了資金，以基金的名義去投資，那就是機構投資者。到這裡有沒有問題？」

「還可以。」佘栢桐點點頭，其實這些他在律師事務所打工時也略知一二，但他只是讓劉昌永說下去，反正那只是在打發時間。

「現時巴拿金融有私人銀行部，也就是李秀兒和周明輝工作的部門。他們提供貼身的銀行、投資和資產管理等一站式服務給高資產值的客戶。不過巴拿金融的骨幹，也是讓它和阿楊成名的，是它的創新科技投資。」

「啊，是不是指那些為高科技公司提供資金的……」

「你可以說是啟動資金。」劉昌永繼續說。「不一定是科技方面，主要是讓好的構想可以有資金繼續發展，說不定可以壯大成一部賺錢的機器。當然，不是每一次的投資都會成功。可是楊安顏的投資眼光都很準，和一些私募基金不同，阿楊或他的團隊都會親自參與管理投資的公司，發掘那些公司未被發現的價值，所以最近幾次都能把投資翻幾倍。」

「而楊總最新近的動作，就是投資我和葉總的公司，合作在崗康市外圍發展遊樂園。」王頌勝自信地笑著說。「我們也是巴拿私人銀行部的客戶，我各種銀行和資產管理事宜也是交給他們管理，這次他們也幫我們成立了合資企業去進行這項計畫。」

「那你們的公司究竟是做什麼的？」

「我的公司是做3D投影技術。」可能談的是他較為自在的事，王頌勝開始手舞足蹈起來。「金融的事我不懂，我只是一個發明家。一個追尋著年輕時的夢想的發明家……你有去過美國佛羅里達州的環球影城遊樂園嗎？」

「嗯，小時候父母有帶我去過。」佘栢桐沒有說是養父母，他也不想做多餘的說明。

「真幸福呢。年紀輕輕就有這樣的經驗，隨著父母去旅行。」王頌勝笑著。「我呢……二十歲時參加了一個交流團，才有機會出國。那時對方很慷慨地請我們去環球影城遊樂園玩，我印象最深刻的，是哈利波特魔法學園那個遊戲。你知道那電影吧？」

「嗯，我也玩過魔法學園那個遊戲。那怎麼了？」在環球影城遊樂園中，有一個區域是哈利波特的巫師世界，而當中最受歡迎的，是在魔法學園的城堡中，名為「禁斷的旅程」的遊戲。遊客會先參觀魔法學院，然後搭乘像雲霄飛車的東西，經過不同的區域，感受由3D投影出來的冒險旅程，其中最精采的一部分，是玩家會感受到和哈利波特一起騎著魔法掃帚進行球賽。

「進入城堡後不久，出現了一根根浮在半空中的洋燭。那一刻起，我就被那厲害的3D投影技術嚇呆了。」

「啊，我記得，那是模仿電影中的學校食堂裡，那些浮在半空的洋燭。」

「那時我對3D影像技術，還停留在3D眼鏡的認知，對那遊戲中那種不用戴眼鏡也能做到的效果感到非常驚豔！你知道嗎？我有一個比我小十歲的弟弟，當時我多想我的弟弟也能和我一起玩那個遊戲！可惜的是，要感受這種震撼，只能到國外，還要付出高昂的入場費。當然，一般人的話，會把那當成夢想，希望有一天能帶弟弟去吧。可是呢，我的夢想還要更大。」王頌勝終於停下來，故意要賣關子一般。「我要做的，是以更低廉的價錢，開發同樣甚至更好的影像技術，讓本國國民可以用負擔得起的價格，來享受媲美環球影城的遊樂園。崗康市和很多大城市一樣，因為人工智能的發展而失去很多工作，可是隨著新興產業的興起，這裡人口增多，我覺得這會讓休閒文化產業的需求反而增加，發展遊樂園，正好可以乘著這個趨勢。」

「很感人的夢想耶。」雖然有部分是裝出來的，但佘栢桐是真的有一點被王頌勝的夢想感動。他自己也很清楚，因為養父母的關係，自己在很優渥的環境下成長。「可是……我昨天到這的時候，到處都聽到人說房價太高，如果人們的錢都拿去作房貸的供款，那還會有閒錢去遊樂園嗎？」

「哈，這個問題就要問劉總了。」葉鴻說著看著劉昌永。

「便宜的信貸。」劉昌永淡淡地說。

「誒？」佘栢桐一時間反應不過來。「啊，是指低利率？」

「對。」劉昌永把身子微微向前傾向佘栢桐。「崗康市房價上升得不尋常是沒錯，這是因為政府銳意要發展這裡成另一個國內數一數二的大城市。過程中有因為人口湧入導致需求增加的自然增長，有一部分是因為看見房價上漲而入市的炒家，這就像一個循環，真正需要住房的人，雖然看到房價的不合理，可是因為覺得反正會升值，即使辛苦一些也要買房。而現在的低利率也鼓勵了這行為。」

「那如果加息豈不是會……」

「短期內不可能發生。」葉鴻斬釘截鐵地說。「因為房價上漲到這個程度，只發生在崗康市，周邊的縣市甚至整個省也沒有類似的情況。所以，政府不敢貿然行動，因為加息會對經濟有很大的影響。不過因為房價高，現在崗康市的趨勢是，在市內大規模重建，發展高密度住宅。劉總這幾年已發展不少類似的計畫。」

「這是都市化無可避免的事，崗康市的人要調整心態，像上一代那種房子或是低層大公寓單位已經不可行了。不過因為低利率，雖然要負擔昂貴的房價，但便宜的信貸可以讓他們保持原來的……不，應該是實現他們夢寐以求的生活。和上幾代人不同，除了基本生活需要之外，精神上的需要也要顧及。所以，我也覺得遊樂園是不錯的發展。」劉昌永點著頭說。「在那次創投會上，王總公司的示範『林中仙子』，利用特製的牆在裡面投影，讓觀眾有仙子就在身邊的感覺，雖然技術還不成熟但看得出很有潛力。所謂發明，都是源於夢想。」劉昌永說著，眼神像是盯著遠方。「這就是發明家和生意人不同的地方，發明家希望把夢想實現，生意人只需要賺錢。如果我是你，我就會把這技術高價賣給環球影城，不，我會告訴環球和迪士尼這項技術的存在，讓他們兩家去搶。」

「楊總不一樣，他明白我的夢想，所以他沒有要我把技術賣給大企業。我曾經也向銀行和金融機構貸款，但是他們會有很多貸款契約，這樣我不能放手去發展。現在合資企業的型式，讓我們更靈活去實踐這個夢想，合資企業可以把技術授權給其他公司，但前提是不影響遊樂場的建立。」

「嗯。其他創投基金，都是大鱷。」葉鴻一臉不屑。「和楊總合作前，我也和一些創投或是私募基金協商過，可是他們都要求公司的控制權。我的研發是我一生的心血，才不能因為那一百幾十萬就把自己的孩子賣了。」

「哼，所以我才不能和發明家做生意。」劉昌永笑著。「你以為投資者是大鱷，可是投資者卻怕發明家亂花錢，所以才要求有控制權。所以我還是專注不會出聲的水泥和磚頭好了。」

「那葉先生你的公司是……？」佘栢桐見葉鴻一臉尷尬，打算轉移話題。

「我的公司研發運輸機械，也就是遊樂園機動遊戲的車子，現時的主力是兩用定點模擬車輛。」

「兩用定點模擬？」

「現在遊樂園的機動遊戲有兩類：沿著路軌實際會動的，就像常看到的雲霄飛車；另一種是只是車身會晃來晃去，但並不會移動的，玩家靠車內或車外的投影影像，加上風和其他效果，讓玩家感受車子在衝著一樣的感覺。後者可以省去高昂的建築和維修費，並且大大減少意外的機會。而兩用的機動車，就像小王從前在環球影城玩過的哈利波特『禁斷的旅程』的遊戲一樣，它是跟隨著軌道行走，但是也是利用投影、風和水的特效，讓玩家以為自己真的和哈利一起騎著魔法掃帚在飛翔。」

「那你的研發和現有的機動遊戲又有什麼分別？」本來佘栢桐純粹是為了監視他們而來搭訕，可是現在他卻越聽越有興趣。也許是做為演員的「職業病」，他覺得要了解各行各業，才更能掌握不同角色的性格。

看來還是不能捨棄自身演員的身分耶，他暗自想。

「功能上看起來真的分別不大。」葉鴻笑著。「可是最大的突破，是玩家介面和組件方面。」

「嗯，是程式方面？」看來劉昌永也被撩起了興趣。

「差不多。現有的遊戲機械，都是為了某一個遊戲特別訂做的。我們公司研發的，卻是不同的組件，配合更靈活的程式設計，這樣可以根據不同的遊戲設計，把不同的現成組件組合，再配合程式的改動，使遊戲的設計更多變化。」葉鴻邊說邊比劃著。「例如我們公司設計了三十號組件，遊戲A是典型的雲霄飛車，它需要的是一到十號組件。幾年後如要轉換遊戲，只要重新組合那一到十號組件，更改一下程式，樂園就可以有新的遊戲。而程式的靈活度，甚至可以是一個遊戲中已有不同的旅程選擇，那雖然是同樣的車子，但可以玩完全不同感覺的遊戲。」

「而且因為組件是現成的，省卻了每次重新設計器械的成本。所以價錢也能大大降低。」劉昌永點著頭。「這很適合在崗康市、以本地人為對象的遊樂園。」

「所以就像訂製家具和合成家具的分別？」佘栢桐立刻想到他自己在倫敦公寓中，

 (我們做了!)

從連鎖店買來的家具，對比布絲妮家中的高級訂製睡床。

「對，小子，不錯喔，腦筋轉得滿快的。阿楊果然看人和看投資的眼光一樣準。」

劉昌永說著，雖然說的時候沒有表情，但也可以聽得出他對佘栢桐的讚賞。

「而且那些組件，甚至可以安裝在現有的器械上，例如遊樂園已經有碰碰車，只要把它稍微改裝一下，就變成完全不同的碰碰車遊戲，這樣就能更有效節省成本。」

「沒錯，」王頌勝說。「利用我公司的影像技術，配合阿葉的機械設計，發展更好玩的遊戲，不但可以讓國民用比較能夠負擔的價格去遊樂園，還可以吸引遊客來崗康市，這會是未來遊樂園的概念！」

「很有趣的想法。」劉昌永繞著手。「那阿楊還打算怎樣做？」

本來還算熱絡的交談，因為劉昌永不知是不是有意無意的一句，氣氛突然奇怪地凝住。

「誒？」王頌勝的表情有點錯愕。「什麼打算怎樣做？」

「呃……不好意思，失陪一下。」梁郁笙站起來，向辦公室裡面走去，想必是要去洗手間吧。佘栢桐在想，不知她是真的要去，還是覺得氣氛不大對勁所以迴避。

「巴拿金融過去的投資，多會取得公司的控制權，然後扭轉公司轉虧為盈。」劉昌永說著，可是雙眼在追隨著梁郁笙離開的身影。「所以他相中的公司，都是擁有好的技術，但用不得其所的。阿楊厲害的地方，就是能看穿看似不值錢企業背後的價值。」

「沒……沒有耶。」葉鴻側著頭，像是在思考劉昌永的話。「我說過，我不會賣了我的孩子，所以不會放棄公司的控制權。我們公司的研發目標和市場定位都很清晰，沒有所謂技術用不得其所的問題。而且，」葉鴻的表情突然嚴肅起來。「如小王說，我們的目標是遊樂場，這幾年，我們看到這個城市歡樂越來越少，所以我並不想因為我開發了技術，而讓自己變成只想著賺錢的商賈。」

「對，我們只是欠缺最後完成技術的開發和商業化的資金。」王頌勝的聲音有點急。「所以巴拿純粹是提供資金的金融投資者，剛才我不是說過嗎？我們是以聯營企業的形式合作，誰也沒有控制權。如劉總你所說，我不單是要賺錢，實現夢想才是我的最大目標。如果我失去公司的控制權，那就沒有意思了。」

「對，」葉鴻也加入。「我們很幸運走到這一步，沒理由把自己的孩子賣了吧？」

「啊……那就真的很有趣。」劉昌永嘴角彷彿有點往上揚，可是很快又回復原來的面無表情，然後則像是在沉思的樣子。「阿楊……這次他葫蘆裡賣什麼藥……」

佘栢桐都看在眼裡。

劉昌永說的話，就像是一桶冷水澆在王頌勝和葉鴻的頭上，兩個本來侃侃而談的大夢想家，給硬生生地拉回現實。現在他們的心裡，一定是對和楊安顏合作的計畫很不安吧，究竟楊安顏這號稱為狼的銀行家，是不是在盤算如何把自己吃掉。

不過他們不知道，他們要擔心的不是這個。

楊安顏已經死了，他好像沒有家人，那他的金融王國會怎樣？楊安顏年紀不算大，本來應該還沒想到接棒的問題，可是現在他突然離世，誰會去繼承巴拿金融？正在進行

 (我們做了!)

的投資計畫會怎樣？

因為話題突然這樣結束，接待處的氣氛突然又變得很奇怪。佘栢桐看到梁郁筌回來，本來以為氣氛可以緩和些，可是當梁郁筌漸漸走近，他發現連她的表情也不大對勁。

「怎麼了？」劉昌永也發現了女朋友有古怪。

「我剛才要去洗手間，經過逃生樓梯時，在旁邊的假盆栽後面發現了這個。」梁郁筌亮出手中的東西，像是一張卡片。

劉昌永接過梁郁筌手中的東西，看了一眼後他傳給其他人看。

終於到佘栢桐接過那卡片，那護貝的卡片大概比名片大一點。

那是一張職員證。陳洛祁的職員證。

佘栢桐看了上面的日期，是最近才發出的。

可是上面公司的名稱，並不是巴拿金融。

12

天才和庸才的分別，其實只是觀點與角度的分別。

——楊安顏《我要做金融精英》

佘栢桐看著那張陳洛祁的職員證，很多人都會在職員證拴上夾子或是帶子方便攜帶，可是陳洛祁的並沒有。佘栢桐想起昨晚陳洛祁上廁所時雙手插進褲袋，如果那時他的職員證是放在褲袋中的話，那當他把手抽出的時候，意外地讓職員證掉了出來也不足為奇。辦公室那麼暗，如果如梁郁笙所說是掉落在假盆栽後面的話，很可能連陳洛祁自己也沒有發覺。

令眾人在意的，是職員證上公司的名字。

那不是巴拿金融，而是一家叫「特才」的公司。

「為什麼會這樣？」劉昌永用近乎質問的語氣。「為什麼他不是巴拿金融的員工？」

「那是下游的外包公司。」曾家偉和李秀兒他們走過來，手中握著和陳洛祁那張一模一樣的職員證。「我們是『特才』的員工，我們公司負責給巴拿金融提供行政和資訊科技等支援服務，因為我們的合約是在巴拿金融的所在地提供服務，所以我們會在這裡上班，也能夠進入這裡，除了發薪水給我們的是特才不是巴拿外，其實我們和其他巴拿的員工沒分別，也可以說，我們差不多等於是巴拿的合約員工。」

「嗯……我公司也有用那些外包公司。」劉昌永微微點頭。「不過我都是『場外』的，並不是在我公司地點上班，而且我也沒有聽過『特才』這公司。我想你們沒有投標我公司的合約吧？」

「哈哈，我想沒有。」曾家偉笑著說。「『特才』只是小公司，單是服務巴拿金融已夠忙了。」

「可是，」梁郁笙繼續問。「不是說你們都是楊先生約來的嗎？為了準備給我們介紹新辦公大樓，為什麼連外包公司的支援員工也叫來呢？」

不妙！佘栢桐差點想叫出來。李秀兒他們是為了商量怎樣勒索楊安顏才會來到這裡，可是因為突然碰上王頌勝他們，才搪塞過去說是楊安顏叫他們來接待的。然而陳洛祁和曾家偉都只是外包公司負責支援工作的員工，又不像是周明輝和李秀兒般的金融精英，甚至不是巴拿金融的員工，為什麼在給重要客戶介紹大樓的時候，會叫上他們呢？

佘栢桐瞄了一眼曾家偉，他看來很鎮定，可是額角已經布滿點點的汗珠。因為沒想到外包員工的身分會被發現，當時也沒有想那麼多。現在可是露出了破綻。

「因為大樓還沒有竣工，萬一示範的時候有什麼卡住，也有負責設備的人在這裡。」沒想到曾家偉竟然那麼快便想到應變的藉口。

「原來如此，阿楊果然是阿楊。」劉昌永帶點嬉笑的聲音對梁郁笙說。梁郁笙也回了他一個笑臉。

關於外包的話題也就此完結，可是當曾家偉轉過背時，佘栢桐留意到劉昌永有一秒，不，半秒對曾家偉的背影閃過一絲冷漠的眼神。

不對。佘栢桐也察覺到，因為他也有同樣的感覺，只是像劉昌永一樣，他也覺得不是追問下去的時候。劉昌永根本沒有接受曾家偉的解釋，他心裡有和梁郁笙一樣的疑問，剛才他是故意不讓梁郁笙追問下去，其實是考慮到自身的安全問題。

在停電的大樓裡，和一班陌生人共處。雖說周明輝和李秀兒與葉鴻和王頌勝早已認識，可是還有不知是什麼人的曾家偉，和自稱認識楊安顏的自己混在其中，而且站在劉昌永的立場，陳洛祁又突然失蹤，他和梁郁笙的處境其實可能不太安全，所以還是少說話為妙。

所以那並不代表他真的相信曾家偉的話，而且佘栢桐自問也會有相同的懷疑。

如果是單純的行政支援外包公司的話，為什麼陳洛祁和曾家偉兩個人會被叫來這裡？以防萬一的話，一個人就夠了。

佘栢桐不理解的是，為什麼外包公司的員工，會在巴拿金融的地址上班？外包的定義，不就是以省錢為目標的嗎？佘栢桐知道，很多公司都會把行政文書，或是資訊科技等和本業無關的部門外包，很多公司就是以替大企業分擔這種行政工作為業。但佘栢桐不明白的是，那些專門外包的公司，都會同一時間替很多家企業工作，因為只要設置了基礎設備，負責一家還是十家企業的外包工作，邊際成本上其實分別不大，所以每多得

 (我們做了!)

一份外包合約，就多賺一分。

那為什麼「特才」沒有這樣做？

巴拿金融的合約真是那麼有利可圖嗎？如果是昂貴的合約，那為何還要外包？巴拿乾脆自行經營行政部門，聘用自己的員工就可以了嘛。

佘栢桐只想到一個可能性，楊安顏因為什麼特別原因，並不能讓巴拿金融的正式員工進行某些工作，所以他聘用了外包公司，不，說不定「特才」根本就是楊安顏的公司。而那些工作，一定不是單純的行政工作，只是用外包行政工作來作掩飾。

昨晚李秀兒提過，他們都是因為接到匿名訊息，說可以利用楊安顏的把柄。連身為外包公司員工的陳洛祁和曾家偉也收到邀請，難道勒索楊安顏的「把柄」，和這個有關？

而且剛才來的時候，看到他們幾個人之間的互動，好像是互相認識似的，不，不是認識，佘栢桐有聽到他們之後的互相自我介紹，他們是不認識的，但是他們之間好像有種默契。

問題是，劉昌永已經起了疑心，那表示在電力恢復以前，佘栢桐他們除了要解決楊安顏和陳洛祁消失的問題外，還要應付劉昌永。

李秀兒站起來，輕聲說了一聲「失陪」，大概是要上廁所。

趁這個機會，佘栢桐也追上去，兩人一起消失在接待處後面的玻璃門後。玻璃門掩上的一刻，佘栢桐好像聽到梁郁笙笑著說：「就讓年輕人獨處一下嘛。」

「你想怎樣？為什麼跟來了？」確定離開了眾人的視線範圍後，李秀兒有點不耐煩地問佘栢桐。

「不用擔心，他們知道我是妳的學弟。」佘栢桐捉著李秀兒雙臂安撫著她。「妳先告訴我，剛才我在接待處看著劉昌永他們的時候，妳和周明輝他們談了什麼？你們的結論是？」

「原來你是在意那個。」李秀兒稍微放鬆下來。

佘栢桐不肯定自己有沒有看錯，李秀兒的臉好像掠過一絲失望。

「剛才周明輝提出，說不定當時殺楊安顏的是陳洛祁。」

佘栢桐側側頭，當時情況混亂，每個人都在搶那瑞士軍刀，殺人的是陳洛祁嗎？有可能。

「如果人是他殺的，」李秀兒繼續說。「周明輝認為陳洛祁可能是怕說不定有一天，會有什麼決定性的證據浮上檯面，所以他先把楊安顏的屍體藏起來，並且逃走。問題是，他是怎樣離開這裡的？而楊安顏的屍體又藏到哪裡？」

「那破壞緊急電話的理由？」

「也是陳洛祁拖延時間的策略。只要我們不能對外聯絡，就只能等待電力恢復，只要他能比我們早一點點知道電力恢復，就能早一步逃走。」

「這都是周明輝推測的嗎？」佘栢桐問。李秀兒點點頭。「雖然沒有強力的證據支持，但現階段也想不到其他更好的推測。」

李秀兒說得對，現在不是在法庭，不用什麼超越合理懷疑。單從緊急電話被破壞這一點來看，陳洛祁是故意要他們斷絕和外界的聯繫。最令佘栢桐不安的是，現在他們在明，陳洛祁在暗，如果陳洛祁真的是殺楊安顏的兇手，不曉得他現在是怎樣的精神狀態？為了掩飾殺了一個人的罪行，會不會想一不做二不休，不惜把知道這事的人，也就是自己和李秀兒他們都殺人滅口？

當然，面對李秀兒，佘栢桐不敢把他的這個想法說出，但他肯定其他人都有這樣想，只是沒有人敢說出來。

「問題是，如果他真的藏起來，可以藏在哪裡？」

「這個我想過。」李秀兒從口袋掏出一張紙，上面畫有樓層的平面簡圖。「這是這層樓的平面圖……我當然畫得不好，但只是畫來方便解釋。昨晚我們分別在這兩個房間休息，我其實也沒有真正睡得很熟，陳洛祁在茶水間，客戶們在大廳，周明輝在南側的開放式工作間，曾家偉在北側這個房間，我們在西南角的這兩個房間……」李秀兒邊說邊指著平面圖上畫有記號的地方。

「昨晚我們見過陳洛祁上廁所。」佘栢桐的手指沿著茶水間劃到男廁的位置。「我們，呃，正確來說只有我，是最後見到他的人。也就是說……」

「從我們的房間到男廁之間。」李秀兒接下去。「先這樣，我們要回去了，不能離開太久。但這我沒有和其他人說，暫時把這個推測保密。」

大概李秀兒也不相信其他人吧，佘栢桐想。他望向窗外，仍是那一片灰黑。可能是因為辦公室在頂樓？他想，其他建築物都比這大樓矮很多，所以即使看出去也看不見任何東西的輪廓。

只有一片灰黑。

回到大廳，梁郁笙對佘栢桐打了個眼色，他只好裝靦腆地搔搔頭，然後隨手拿起在咖啡桌上、那本楊安顏的《我要做金融精英》翻了起來。本來他沒有特別想看書，可是他翻了幾頁後，那些短句和小故事，配合攝影師鏡頭下的楊安顏，連佘栢桐也真的有點嚮往當個金融精英。

「滿有趣的書。」梁郁笙對佘栢桐說，顯然她剛才已經看過。「不是金融書，唔……我覺得不是，至少我不懂金融也覺得好看。」

佘栢桐在仔細品味那些短句，與其說是楊安顏在教別人怎樣成為金融精英，那更像是楊安顏在訴說他的成功之道，或是在道出他自身的信念。從閱讀這些短句，佘栢桐覺得他好像又了解楊安顏這個人多一點點。從那些短句，佘栢桐覺得，楊安顏一點也不介意，被人覺得是一個冷酷的人。

同一時間，他也在想李秀兒剛才說的事。

陳洛祁最後被看見，是半夜上廁所，經過佘栢桐所在的辦公室的時候，而佘栢桐沒有看見他回去。雖然之後他睡著了，可是那至少是二十分鐘以後的事，如果陳洛祁真的只是上廁所的話，二十分鐘絕對有足夠的時間會讓佘栢桐看見他回去茶水間。

沒有聽周明輝說他昨晚有見過陳洛祁，所以說他「消失」的地方，是在佘栢桐所在的辦公室，和周明輝所在的開放工作間之間。

難道辦公室有「機關」？

佘栢桐很想回去看一次，看清楚在那段路之間，有什麼「機關」，讓陳洛祁可以消失。

「在想什麼啊？」梁郁笙微笑問佘栢桐。

「啊，沒有，看著這書中寫的……我在思考究竟楊安顏是個怎樣的人。」佘栢桐想到自己剛才思考的時候，一定看起來像是發了很久的呆。差點忘了現在這樣近距離和劉昌永他們坐在一起。他們並不知道楊安顏已經被殺這件事，更不會想到他們眼前這些、本來是為他們提供諮詢服務的金融精英，竟然是殺死楊安顏的兇手。自從陳洛祁失蹤後，氣氛就變得不一樣。因為大家都明白，在逃生樓梯被堵上的情況下，沒有人能夠離開這大樓。

雖然佘栢桐很想回去辦公室裡面，去調查會不會有什麼機關，可是同時又不能做得太明顯，以免引起懷疑，特別是劉昌永的懷疑。

「唔……我和楊先生只是在飯局和活動中有過幾面之緣。他是一個很健談的人，有他在沒有冷場。而且他的說話很有見地，相信你在他底下工作，會學到很多東西的，是嗎？」說著她用眼神掃過周明輝他們。

「啊，嗯。」周明輝有點心不在焉，佘栢桐覺得他還在想陳洛祁消失的事。

沒有人再說話。

不好，佘栢桐暗感不妙，本來在這種情況下，大家應該各自自由活動，喜歡躲在一旁休息、看書或是什麼也好，直到電力恢復為止。可是為免客戶們發現楊安顏已死的秘密，李秀兒他們要「監視」劉昌永他們，現在又因為陳洛祁失蹤，在不知道陳洛祁究竟發生什麼事的情況下，更加不能離開客戶們半步。雖說李秀兒和周明輝，與王頌勝和葉鴻是金融顧問和客戶的關係，可是他們好像不是特別親近，李秀兒和周明輝看來都不太願和他們多講話。梁郁笙相對比較健談，可是劉昌永看來不大喜歡她當這個「友誼小姐」，她也識相地收斂一下。

所以現在的氣氛真的太恐怖，所有人的神經越來越緊繃，佘栢桐最擔心的，是如果再沒有話題的話，恐怕周明輝會是第一個撐不下去而崩潰的人。

這時突然響起一陣低沉的哼歌聲，所有人都嚇了一跳。

「啊，對不起。」曾家偉舉起手，一副自首的樣子。「我在翻這本書，看到這廣告有樂譜，就不自覺地哼了起來。」他把手中那建築雜誌反過來給大家看，那是橫跨兩頁的連版廣告，上面印著五線樂譜，只在右下角印了一些字句，佘栢桐看不清楚，也沒有意思去看那究竟是什麼廣告。

「因為這首歌滿輕快的，可以放鬆一下情緒。」說罷曾家偉哼出流暢的音樂，右手像是在彈鋼琴一樣在半空敲著那不存在的琴鍵。

「你會彈鋼琴啊？」梁郁笙坐到曾家偉旁邊。「我小時候也有習琴。」

梁郁笙也想學曾家偉哼樂譜上的歌，可是佘栢桐覺得她哼出來的歌沒有曾家偉那麼流暢。剛才曾家偉哼的那一段，聽起來就像是合唱團練習過後唱出的效果。

「你聽過這首曲嗎？」梁郁笙問。

曾家偉搖搖頭。「應該是流行曲吧，不是很複雜的結構，小時候常被告誡不要彈這些。」

「可是你才是第一次看這樂譜吧？竟然看一眼就可以哼得那麼流暢！」梁郁笙一臉羨慕。「你就是那些所謂有視讀能力的人吧？」

「視讀？」佘栢桐忍不住問。

「那是指一看樂譜就可以演奏的能力。一般人，即使是習琴很久的人，第一次看的樂譜，彈奏的時候總會有點不順，要練習幾次後才能把樂曲流暢地演奏出來。可是有些人，能夠把眼睛讀到樂譜的訊息很快地傳到手指或是嘴巴，所以即使是第一次看的樂譜也能即時演奏。」梁郁笙看了曾家偉一眼，眼神帶點羨慕。「這就是天才和凡人的分別。」

曾家偉笑著揮手。「沒有沒有，什麼天才不天才的，硬要說的話這只算是點小聰明。說到底還是要努力啊，我就是那些不用功的小孩。」

佘栢桐看著曾家偉，再看一看他剛才擱在咖啡桌上、打開著樂譜的那頁廣告。奇怪，怎麼有種強烈的既視感？佘栢桐納悶。曾家偉可以一邊看著第一次看的樂譜、一邊流暢地哼著那首曲子。這個情景，好像在哪裡看過。

是什麼呢？他想不起來。

「不好意思，我去一下洗手間。」佘栢桐站起來。經過剛才樂譜的話題，現在離開接待處回去裡面就沒有那麼突兀了，他想趁這機會查證一下他的懷疑。

「啊，我也要去。」沒想到劉昌永也站起來。

誒？佘栢桐對劉昌永這個舉動感到驚訝，女人嗎？一起上廁所？難道……他對自己有疑心，覺得他會趁這空檔去幹什麼？雖然自己真的是想去幹什麼。

「嗯。」佘栢桐只是微微點頭，但心裡極力壓抑著那股不安。劉昌永是想監視自己嗎？如果是的話，他是在懷疑什麼？如果一起走的話，他可以查看的東西很有限。

通過南側的玻璃門後，兩人走過開放式工作間到男洗手間。

「郁笙比較多話，不要見怪。」劉昌永先開口。

「沒有，其實幸好她不停打開話匣子，氣氛才不會那麼鬱悶。」真的嗎？劉昌永你藉故上廁所，只是為了代女友道歉？

「究竟陳洛祁去了哪裡？」來了，他根本就是想問這個。「剛才你和我們在一起，李秀兒他們一定是私下討論陳洛祁的去向吧？你和李秀兒之後討論的結果是？」

真厲害，佘栢桐差點要伸一伸舌頭，可是當然是忍住了。劉昌永一點也沒有相信梁郁笙說什麼讓自己和李秀兒獨處的八卦話。

「呃……」佘栢桐故意發出這種聲音。這個時候，既然劉昌永已經猜到這種程度，佘栢桐不可能再裝無辜否認著說什麼只是想追李秀兒的話。一般人被抓到辮子應該會這樣，佘栢桐已經完全進入角色。「嗯。」

當然不可能真的告訴劉昌永，他們認為陳洛祁就是把瑞士軍刀插進楊安顏心臟的人，現在恐怕是畏罪而逃之夭夭。現在他只有幾秒的時間，去想另一個藉口，再久一點，劉昌永就會懷疑那不是真話。

「你說得不錯。李秀兒說，她和周明輝剛才在追問曾家偉，為什麼『特才』會被楊安顏邀請來這裡。」

「曾家偉說，好像是因為『特才』的外包員工也會和其他巴拿的員工一起用同一個辦公間，所以楊安顏也邀請了『特才』的代表。好像陳洛祁和曾家偉是當中資歷最久的。不過陳洛祁好像手腳不乾淨，他們懷疑楊先生說不定放了什麼貴重東西在這辦公室，本來是要給王總他們看的，但是被陳洛祁發現並偷走了，趁昨晚還沒被發現，陳洛祁悄悄逃離這大樓。」佘栢桐對自己這樣臨時胡謅的藉口也很滿意，不過晚一點要找個機會告訴李秀兒他們，免得他們之間的「供詞」前言不對後語。

「可是他是怎樣逃走的啊？」劉昌永低頭邊小解邊喃喃問著。「兩邊逃生樓梯都給上了鎖。」

他說到重點了，佘栢桐想。陳洛祁不可能從逃生樓逃走的，所以他能利用的地方只有一個……

「通風系統。」差不多同一時間，佘栢桐和劉昌永說著同一個答案。

「要去看看嗎？」劉昌永洗手。

佘栢桐沒想到劉昌永會這樣邀請他，那可說是求之不得，可以光明正大地去查。

可是……

如果陳洛祁真的是利用通風系統，那就可以解釋為什麼楊安顏的屍體會消失。陳洛祁很可能和屍體藏身在通風槽中，昨晚他們搜查樓層時，並沒有看通風槽，所以那裡可以說是盲點。

所以，如果劉昌永去查看通風槽的話，萬一真的看到楊安顏的屍體……

不，佘栢桐覺得更加要和劉昌永一起去看，他心裡盤算的是，爭取機會由他去看通風槽，這樣即使是陳洛祁真的把楊安顏的屍體藏在那裡，他也有自信可以憑演技騙到劉昌永。

他們在走道上向著昨晚李秀兒和梁郁笙待著的辦公室那個方向前進，可是兩人都抬起頭看著天花板。

陳洛祁消失的地方，是男廁和佘栢桐晚上休息的辦公室之間。

要是有什麼機關的話，必定是在這條走道上。

「那裡有一個通風氣口。」劉昌永指著，那大約是在走道中間的位置。

來了。佘栢桐準備就緒，如果劉昌永要上去查看的話，他就自動請纓，說這些粗活就由他年輕人來做之類的藉口。

可是劉昌永並沒有進一步行動，只是繼續向前走。

不去看一下嗎？佘栢桐有點不解。

一直走到茶水間，他們發現另一個通風口，位置剛好是在電視機上面。和之前一樣，劉昌永也是沒有爬上去看的意思。

拐了個彎，他們再看到通風口，也是在走道的中間。劉昌永看了通風口一眼，也是沒有行動。

「劉先生。」佘栢桐忍不住了，他不明白為什麼劉昌永什麼也沒有做。「不是要去看通風口的嗎？」

「不用。」劉昌永淡然地說。

看到佘栢桐不解的表情，劉昌永手指輕輕地指著那通風口。

「你認為通風口太小？」

「不，那個大小，成年人應該可以通過。」

「那為什麼……」佘栢桐說時劉昌永走到通風口正下方。

啊！

劉昌永站在通風口底下，但是他的高度，並不可能不用東西墊腳而爬上通風口。而剛才他們經過的每一個通風口，都是在走道的中間，或是茶水間電視的上方。每個通風口下方都沒有可以攀爬的桌子。

所以，沒有利用梯子或桌子做攀爬道具，陳洛祁是不可能爬上通風口的。如果從那裡逃走，梯子或椅子就會留在通風口下面。劉昌永就是理解到這一點，所以也省得查看通風槽。

「你說你剛從國外回來？」劉昌永突然問。「可是你和李小姐是舊識？」

「嗯，我在崗康大學畢業，李秀兒是我大學時的學姐。」

「哦。那其他人呢？」

佘栢桐搖搖頭。

「那你在外國這幾年都一直和李小姐有聯絡嗎？」

「唔……也不算。只是偶爾有傳訊息。」佘栢桐不想說只是他單方面寄電郵給李秀兒。

「哦。」

「怎麼了？」劉昌永只有這短促的回應，讓佘栢桐有點不快。

「栢桐，那你能相信她嗎？」

佘栢桐還沒有機會回答，他們已走回接待處，劉昌永順手拿了張椅子卡住玻璃門。

最後一個通風口，是在接待處。

「你們去好久。」梁郁笙有點裝不滿的語氣。

「坐久了想鬆一鬆筋骨。」

李秀兒向佘栢桐使了個眼色，像是問他「怎麼了」的眼神。佘栢桐嘴角微微向上揚點點頭，像是在說「不用擔心」。

那一瞬，佘栢桐心裡興奮了一下子，彷彿他和李秀兒，不，他和李秀嵐兩個人之間，那秘密的默契還在，那種兩個人只是交換一下眼神，就知道對方在說什麼的心靈相

 (我們做了!)

通。整個接待處的空間，就好像只剩下他和李秀嵐兩個人。時空好像回到過去，他倆還是崗康市大學生的時候。

「你能相信她嗎？」劉昌永剛才的問題卻突然在佘栢桐腦中出現。通風槽沒有發現，那表示，必定有人，開鎖讓陳洛祁離開。

能相信她嗎？

13

成功的人，除了有的是踩著別人的屍骸爬上去，還有的是踩著自己的過去。

——楊安顏《我要做金融精英》

「一個二號餐，漢堡裡面不要黃瓜，飲料要可樂。」

「好的，麻煩您等一下。」櫃臺年輕女孩微笑著回應，畢竟這連鎖餐廳標榜笑容是免費的。她把點餐輸入收銀機，收了錢後便拿著托盤轉過身。

「阿桐，漢堡肉好了嗎？」女孩輕聲地問。

佘栢桐看了炸鍋上的計時器。「快了，還有三十秒。」

三十秒後，計時器一發出聲響，佘栢桐便從炸鍋裡拿起盛著漢堡肉的籃子。他先把籃子擱著瀝乾油，大約一分鐘後他便把漢堡肉夾出來放在塑膠盤子裡，再把盤子放在流理臺上特定的位置，在這連鎖餐廳的流理臺，無論是漢堡肉、生菜、麵包還是番茄，都放在特定位置的容器內。

「謝謝。」站在流理臺前的年輕人點點頭說。年輕人是新來的，所以幹了一年的佘栢桐已經是大前輩了，也很熟悉快餐店的運作。新來的一般都會被安排負責切放進三明

(我們做3!)

治裡的蔬菜和組合三明治，務求讓他盡快熟悉每件產品的組合。而這天佘栢桐則負責炸鍋那邊，女孩負責前臺和飲品。在這種不太忙的時候，三個人剛剛好，每個人只需要負責一個崗位。

不過也有例外。「阿桐，你過來一下。」女孩看到剛進門的客人，便叫佘栢桐到前臺。

佘栢桐看了那客人，也識趣地走到前臺，來的客人是個皮膚黝黑的少女，她一隻手牽著個四、五歲的小孩，小孩穿著附近幼兒園的校服，少女的另一隻手則拿著小孩的書包。少女是帶著少主的外傭，去年崗康市開始引入東南亞的家庭傭工，很多從前請不起傭人的雙職小康之家也聘請外傭來帶小孩和做家務。本來很多外傭從前在其他省市打過工會說普通話，可是這些中產的家長都傾向聘請只懂英語的，一來在外面可以炫耀自己懂英語，二來可以讓孩子在英語環境下成長。

由於外傭只說英語，所以如果要帶年幼的小孩去吃東西時，佘栢桐打工的國際連鎖快餐店就是最佳選擇。雖說在外國很多這種快餐店都有自助點餐機，但崗康市還沒電子化到那種程度。最近幾個月也越來越多這樣的客人。雖然基本英語對答是這裡員工的必備條件，但是當真正遇上要說英語的時候，他們總會推佘栢桐去應付。

「您好，請問要點什麼？」佘栢桐用流利英文問。

「一個三號餐，飲料要可樂，另加一份薯條。」年輕女孩用頗流利的英語回答，佘栢桐聽過很多出國的外傭在家鄉都是大學畢業生。

付錢的時候女孩有點狼狽，她一邊要在錢包拿錢，一邊要牽著活蹦亂跳的小孩。之後佘栢桐幫她把零錢放進錢包。

順著女傭和小孩走到一旁坐下的身影，這時佘栢桐看見坐在角落向他招手的女孩。和其他同事交代一下後，佘栢桐倒了兩杯汽水走到女孩對面坐下。

「怎麼來了？」佘栢桐把其中一杯汽水遞給李秀嵐。

「蹺課。」李秀嵐笑著，但佘栢桐看出她的笑容不大自然。本來他想揶揄她裝得太差，但是他把話吞了回去，他知道這個時候，說李秀嵐不懂演戲並不是一個好主意。

「今天有劇團考試嗎？」

「啊，嗯。」李秀嵐輕撥了一下頭髮。「果然我這種不是根正苗紅的還是不行吧。」

李秀嵐今年大四，她想畢業後繼續演戲，可是投考了很多劇團都不成功。大型的劇團都會先錄用有名的戲劇學院畢業生，要不就是得過獎的，像李秀嵐只是普通大學的戲劇社員，很難被選上。

「我又不夠漂亮。」李秀嵐啜著汽水。「不然去選美。」

——只有我看得懂妳的美，我就是為此才留下來的呀。佘栢桐當然沒勇氣說出口。他只能和她相視而笑，他知道自己內心的苦澀，也看出她笑容裡的苦澀。

「說起來，」李秀嵐看了坐在一旁的那外傭和小孩。「最近好像越來越多外傭。」

「是呢。」佘栢桐咬著吸管。「連阿木家也請了，他嫂嫂剛生了小孩，他大哥說請個人幫忙家務。」阿木是劇社的一年級生。

 (我們做了!)

「那外傭是和他們住在一起囉？」

「嗯，阿木就說很不習慣家裡有外人在走動。」

「我記得他的家不是很大吧？有那麼多房間嗎？」

「聽他說好像是外傭和寶寶同睡一個房間，可以方便照顧寶寶。阿木說待他畢業搬走後，就多一個房間出來。」

「他才一年級耶，就想到那麼長遠？」

「就是嘛。我們連下季的劇目都還沒有定下來。」因為大四的李秀嵐他們要準備找工作，劇社的事務已多由佘栢桐他們較低年級的社員負責。

「栢桐，」李秀嵐的表情認真起來。「你畢業後有什麼打算？」

我的打算就是一直在妳的身邊啊。佘栢桐心裡想。他看著李秀嵐，他知道，李秀嵐只要一看到他的眼神，就會知道他這樣想。

可是此刻，李秀嵐正低下頭啜著汽水。

「栢桐，不論你的決定是什麼，記著，」李秀嵐說著，但還是沒有抬起頭。「不要是因為無聊的理由，要為自己好好打算。」

「妳說什麼啊。」佘栢桐覺得今天李秀嵐好奇怪。

「我是認真的，」李秀嵐終於抬起頭。「崗康市太小了，你英文好，又有美國護照，竟然在快餐店打工？你應該往外闖。如果我是你，我會去百老匯，去倫敦，世界多大啊。」

「一個地方大不大，只在乎這裡。」佘栢桐指著自己的胸口。「地方多寬，也不如心寬。」

「嘖。」李秀嵐再沒有說什麼。

兩星期後，佘栢桐明白那天李秀嵐的表現為什麼那麼奇怪了。

在某本小型八卦雜誌中，佘栢桐看到李秀嵐和其他兩名演藝界嫩模的清涼照。照片中的李秀嵐，在飯店的房間內，穿著蟬翼般薄的內衣，擺著說得好聽叫誘人，說得難聽就是不堪入目的姿勢。認識了她那麼久，佘栢桐還是第一次那麼清楚地看到李秀嵐的身體曲線。

那不只是照片，其實還算是三人的訪問。而李秀嵐篇幅最多，可是看到副標題時，佘栢桐整個人也呆了。

「劇界新星豁出去！追夢險些被姦！」

訪問的亮點，是李秀嵐一次試鏡時差點被某名導演侵犯的經歷，還附上一張她雙眼通紅，憶述事件時仍「猶有餘悸」的惹人憐愛的照片。然後旁邊是雜誌猜測誰是那個犯人，附有幾個人的剪影和一些簡介，雖然沒有指名道姓，但看過簡介都會猜得出是誰。

訪問對這幾年李秀嵐主演過的劇目隻字不提。

「為什麼要拍這樣的照片？」佘栢桐跑到李秀嵐的住處，用差不多是質問的語氣問她。「還有那個差點被侵犯的故事，根本是假的！」

佘栢桐很清楚她不是容易落入這些事情的女孩。

「當時還有其他兩個女孩。」李秀嵐一臉不在乎，佘栢桐已經看不出那是不是演戲。「論樣貌和身材我也不及她們，要不是爆出這樣一個故事，我不會有這樣的版面。」

「為什麼啊？妳不是不屑以這種方式入行的嗎？」佘栢桐拍打著雜誌上刊有李秀嵐照片的那一頁。「妳這樣人家還會當妳是個認真的舞臺劇演員嗎？」

「那可以怎樣？」李秀嵐一手把佘栢桐手中的雜誌撥到地上。「我已經考了十多個大大小小的劇團了！全部都落榜！一般女演員的藝術生命都不及男演員長，如果我再不能入行的話，機會只會越來越少，只要能露出頭角，讓觀眾能認識我，這點算什麼？」

「那就要揑造故事嗎？」

「讀者都愛看這種花邊新聞。我又不是真的在指控誰侵犯了我，我只是在製造話題，讓觀眾記得我而已，否則我只是一個平凡的舞臺劇演員，根本沒有人會注意！」

佘栢桐想不到反駁的說法，這些日子，他看著她從當初躊躇滿志地去考試，到後來一次又一次地失望。她的著急，他是感受到的。

「秀嵐，」佘栢桐握著李秀嵐雙手。「閉上眼。」

「做什麼啊？」李秀嵐別過臉。

「先聽我說。」佘栢桐閉上了雙眼。「我們……在國立中央劇場後臺，我拿著花束，妳在化妝間，拿著花束，接受著劇團其他人的祝賀，妳多年來的努力，終於獲得了回報。妳終於看到站在人們後面的我，妳看著我手中的花束，那是妳最喜歡的牡丹，純白色和淡粉紅色的牡丹……現在，張開眼睛。」

張開眼睛的那一刻，佘栢桐還能看到，那夾雜著純白和淡粉紅牡丹的花束，可是……李秀嵐直盯著他的臉。

她沒有閉上眼。她沒有和他一起穿越時空，沒有看到一樣的風景。

佘栢桐緩緩鬆開握著她的手，蹲下來雙手環抱著膝，把臉埋在裡面。

他在哭。

「栢桐。」她也蹲下來，輕撫他的頭髮。「不要這樣。這沒有什麼大不了，真的。記著，把握每個突出自己的機會，只有與眾不同，人家才會記得你。如果人家連你的臉也不知道，那什麼也不用說了。方法不重要，重要的是結果。」

可是那輯照片和訪問沒有為李秀嵐帶來多大的迴響，她還是沒沒無聞。為了生活，她一邊打工，一邊參與一些小劇團的演出，有時候去電視臺當跑龍套。因為忙碌，她沒有再去快餐店。有時候劇社的人約出來，如果知道李秀嵐會出席的話，他都說有事不能赴約。

當時還年少的佘栢桐，不理解她的決定，只懂賭氣。

一天佘栢桐偶然在網上看到一個倫敦的小劇團的演出，這一、兩年英國和歐洲的文化產業經歷高增長，被稱為新一輪的「文藝復興」。這讓他萌生了離開崗康市去倫敦的念頭。

一切準備就緒後，他只通知了大學戲劇社的同學，沒有直接通知李秀嵐。

離開前一個星期，從前戲劇社的學長——就是當年那向佘栢桐丟劇本的學長——邀他到家中作客，說是新居入伙派對。學長去年結婚，剛剛買了一個小公寓。

跟著學長的地址抵達時，佘栢桐才發現，原來那是當年他和李秀嵐相遇的公園。公園已經改建成三棟住宅大樓，閘門掛著這個地方的新名字：花園廣場Park Place。可是，那裡已經既沒有花園，也沒有廣場。

大樓高三十層，學長的公寓在A座五樓，地方很小。當然那是對那天來參加派對的人數而言，如果只是學長兩口子的話，也是不錯的空間。

不，是三人。學長也像趕潮流似地，家中也有一個外傭。那女傭應該有四十歲，熟練地從那狹小的廚房端食物和飲料給客人，並一邊清理盤子和垃圾。學長的家有兩個房間，除了主人房外，另一個稱為書房，實際上是給外傭住的房間。不過佘栢桐目測那個房間應該只有一張雙人床的大小。

「學長也聘住家外傭耶，有那麼多家務嗎？」佘栢桐喝著啤酒，可是眼光不時望向大門。

李秀嵐還沒有來。

「栢桐你不明白。」學長嘆了口氣。「雙職家庭不易為。以前我和老婆，下班回家也只是匆匆吃泡麵當晚餐，外食又貴。現在一回到家晚飯已經準備好，還有家中清潔得一塵不染，將來有小孩又有人帶，這些錢，不貴不貴。」

「可是很擠嘛。」

「沒辦法，我們只能買到這裡。你以為還能住當年我們父母那種房子嗎？除非是中了彩券吧，不然一輩子也沒可能買到。」學長指一指窗外。「我告訴你喔，政府在發展崗康市，未來這類住宅大樓會越來越多。你知道嗎？我買的價錢，已經比新建成時的價錢漲了百分之二十，未來還會不斷在漲……你不是要去倫敦嗎？那裡的房價更恐怖……」

佘栢桐看著學長口沫橫飛地談他買這個公寓的經過，他開始懷念那個向自己丟劇本的導演學長。

學長終於留意到佘栢桐的表情，這時佘栢桐好像看到學長的眼神掠過一點憂鬱。「栢桐啊，不是有人說過有房子不等於有個家嗎？我告訴你喲，那是他媽的謊言，那是買不起房子的人說來安慰自己的話。」

那一刻他覺得，李秀嵐沒有來，也許不是因為自己的關係。

他在窗邊看著外面，這個沒有半朵花的花園廣場。

這時他才猛然記起，就是因為那次學長向他丟劇本，李秀嵐才會教他閉上眼去想像劇中場景，他才會和李秀嵐一起看那只有他倆才看得到的夕陽。

和她相遇的公園沒有了；熱愛戲劇的學長，現在的夢想只是房價再漲然後換更大的房子；整個崗康市，也在慢慢變化中。

聯繫著他和她的一切，正在逐漸消失。

14

你可以只有一半的知識，但你要有雙倍的自信。

——楊安顏《我要做金融精英》

「喂，你要拉我去哪裡啊？」和劉昌永視察完，確定陳洛祁不可能從通風口逃走後，佘栢桐已不理其他人的目光，立刻拉著李秀兒到南側的開放式工作間。「你弄痛我了。」

「剛才我和劉昌永走過這樓層一次。」佘栢桐拉一張椅子給李秀兒坐。「我們認為陳洛祁不可能從大樓的通風口逃走。」

「那……他究竟是用什麼方法？」

「先不說這個，」佘栢桐連人帶椅子移近李秀兒。「我想問妳的是，妳不是唸金融的，當初妳是怎樣加入巴拿金融的？」

李秀兒先是一愕，佘栢桐看出她在猶豫。

「告訴我，這很重要。」佘栢桐握著她的手。「妳也應該感覺到了，整件事背後一定不是這樣簡單。你們被某人告知他有楊安顏的把柄，可是楊安顏陰差陽錯下被殺，而王頌勝他們又剛巧來到這裡。我總是覺得，楊安顏的背後，好像是有某種陰謀。妳知不知道，那個人說有楊安顏的把柄，究竟是什麼？」

李秀兒微微地搖搖頭，可是她沒有看佘栢桐，雙眼都只是盯著地板。

「為什麼是你們？」佘栢桐突然冒出一句。

「誒？」

「那個握有楊安顏把柄的人，說可以利用這來敲詐一筆，可是為什麼要邀請你們幾個一起幹？更重要的是，為什麼是『你們』？」佘栢桐一臉認真地分析，讓李秀兒不禁嚇了一跳，幾年不見，佘栢桐可說是脫胎換骨，現在的他，儼如一個可以依靠的男人。「妳、周明輝、陳洛祁、曾家偉四個人之間有什麼關係？所以，我想了解妳是如何入行的，不是唸商科出身的妳，又是如何成為金融業者的？」

李秀兒想了一下。「我……是在一個派對上認識楊安顏的……有很多派對，都會邀請模特兒、女演員等等去炒熱氣氛。本來像我這種不入流的女演員，是不會被邀請的，可是我聽說那個派對有很多導演和老闆，我想去碰運氣。可是我在門外被攔住了，那時我打算蒙混過關，我擺出一副商界女強人的姿態，裝成是參加派對的老闆之一。在連保安員也在猶豫之際，楊安顏走過來說我是和他一起來的。原來那時他剛巧經過，一直在一旁看著我怎樣裝。

「『妳沒有邀請函吧？妳是模特兒？』他問。後來我才知道，他一早便看過所有被邀出席派對的人的資料，所以一眼便知道我是不請自來的。我更正他說我是舞臺劇演員，當然我還是有演員的自傲，不想被當成那些嫩模。然後他笑著道歉說他不熟悉舞臺劇。

「『沒關係，反正我也是個沒沒無聞的發霉演員。』

「『妳不要妄自菲薄，妳剛才不是演得很好嗎？』他指我裝老闆的事。然後我們談了一些演戲的事，沒想到他突然問我，要不要進他公司。他說聽來我不像會在演藝事業上有突破，與其蹉跎青春，不如跟他學做一個金融精英換個安穩的生活。」

佘栢桐坐直身子。李秀兒的經歷，和他自己很像，都是楊安顏突然邀請他們這些潦倒的演員。

「之後他送我去美國中部一個叫荷頓的地方，在那裡待了半年，那裡有間學院，我就在那裡上一個為期半年的金融課程，拿了證書便回來上班。」

如果楊安顏不是死了的話，大概自己也會被送去什麼荷頓上課吧。佘栢桐想。

「妳是在那裡認識周明輝？」

「不。」李秀兒搖搖頭。「那所謂學院，規模比崗康市高中還要小，我唸的課程都是以遙距方式教授的，只要在宿舍裡上網看影片。我是回來以後，才知道有周明輝這一號人物，可是昨天之前，我和他從來沒有交談過。」

所以李秀兒和周明輝之前並沒有交集，那背後那個人是憑什麼去選一起去敲詐楊安顏的人的呢？「可是只是半年的課程，就能勝任做為金融顧問的工作？」佘栢桐繼續問。

「這……就是楊安顏的魔法，也是他成功的秘訣……咦？」李秀兒像是看到什麼，她突然彎下身子。「那是什麼？」

佘栢桐順著她的視線，辦公間的都是組裝桌，每張桌子之間都有間隔，彷彿是一道矮牆，但那間隔只有離桌面三十公分左右，所以整個辦公間感覺還是很開放式，並沒有從前那種比人還要高的間隔的壓迫感。而每個座位都配有一組三個、附有滾輪的移動式抽屜櫃，李秀兒盯著其中一組最下面的抽屜。

那個抽屜的邊緣，有張紙的角落露了出來。

「奇怪。」佘栢桐拉開抽屜，還沒開始辦公的大樓，不可能會有文件。「這是……巴拿設立的子公司、王頌勝的公司和葉鴻公司合資企業的法律文件副本耶……另外一份……是更改公司章程的文件……還有王頌勝和葉鴻公司研發技術的知識產權的專利文件。而這一份……是巴拿和劉昌永合作發展住宅項目的意向書？竟然有這種東西！」

「我看看。」李秀兒拿過佘栢桐手中的文件翻著。「為什麼這東西會在這裡？」

「那還用說？」佘栢桐讀著李秀兒在翻的文件。「約你們來這裡的那個人，把它藏起來了。咦？」

「怎麼了？」李秀兒停下手中的動作。

「什麼怎麼了？」佘栢桐盯著李秀兒。「妳看不到嗎？」

「看到什麼？」李秀兒不解，終於她明白佘栢桐指的是她手中的合約。「這個？就是更改公司章程囉。巴拿、王頌勝的公司和葉鴻的公司也簽了。」她指著最後一頁。

「妳……真的看不到？」佘栢桐翻回前面。「這個，更改公司章程是要在普通股以外加入新一類的股權優先可換A股，根據這章程優先A股有四倍優先權，這四倍的優先權，在把優先股換成普通股也有效，表示可以以優先權的計算法來換成普通股。假設以一元買優先股，將來公司股權被收購時，可以比普通股優先得到四元的收益分配。換言之，往後購買這輪優先股的投資者，在把優先股換成普通股時，會得到四倍的股票，也就是變相可能得到這合資企業的控制權。」

「這……」李秀兒的臉色一沉。「你竟然會懂這些……」

「妳沒有看過這份文件嗎？不可能吧？妳可是王頌勝的顧問不是嗎？」佘栢桐看著李秀兒，剛才看她那樣翻著文件，看來像是在看，但是，做為一個金融精英，不可能不理解這些條文的意思。

「呃……我……」

李秀兒突然按一按耳朵，可是她接著便嘆了口氣，然後她那雙杏眼向不同的方向望，像是在記憶中搜尋要說的話。她再下意識地按一按耳朵，佘栢桐感到，慢慢地李秀兒的表情有點變化，本來有點不知所措的眼神，漸漸添上了一種自信的光采。

「沒問題的。」李秀兒的嘴角微微向上揚。「這只是企業章程，並不是買賣合約。這裡所說的優先A股，其實還沒有發行。可以說，這只是個預備。而且以優先股來說，這種多過一倍的優先權很平常，不過一般來說，企業是不可能在大多數的普通股股東反對下發行優先股，而且普通股股東有優先購買權，確保股權不會被沖淡。」

聽著李秀兒侃侃而談，本來想反駁的佘栢桐決定不再說。

因為他覺得，李秀兒像是在背誦之前記下的資料。當然了，這種條款，王頌勝一定會質疑。李秀兒必然要記熟這個解釋，才能臉不紅耳不熱地去說服客戶同意。

不，更正確來說，他覺得李秀兒是在背臺詞。很多演員出場前都有個既定動作，有人會深呼吸，有人會在胸口畫十字架祈禱，差不多是從後臺準備的演員，變身成將要演的那個角色的儀式。

剛才李秀兒按耳朵的動作，就像演員出場前的儀式，那之後，她變成了一個金融精英。

15

你窮一生才能得到的信任，可能因為一個小錯誤而瓦解。

——楊安顏《我要做金融精英》

佘栢桐和李秀兒回到大廳接待處時，立刻感到氣氛不大對勁。劉昌永等客戶們坐在接待處一邊的沙發，曾家偉和周明輝則坐另一邊。因為停電的關係，冷氣已經停止運作了差不多一天，空氣開始有點悶熱，大家的呼吸也有點重，可是佘栢桐覺得並不單是因為空氣悶熱的關係。

「發生什麼事？」李秀兒問。

「呃……劉總突然說，要我們也在這裡休息……」曾家偉輕聲地在李秀兒耳邊說。佘栢桐看到曾家偉的臉泛著油光。

「這是什麼意思？」周明輝突然站起來。「是要監視我們嗎？」

「不要這樣說。」劉昌永攤開雙手。「現在是非常時期，最安全的不是應該全部人聚在一起嗎？」

「你少來！你根本就是懷疑我們！」周明輝的臉開始脹紅。

「周明輝，難道不是嗎？」葉鴻忍不住走上前。「陳洛祁不見了，這裡又沒有藏身的地方，只能是你們開鎖讓他離開的。究竟你們在計畫什麼？」

「我們也不知道為什麼陳洛祁會不見啊！」周明輝一副快要哭的樣子，他垂下的雙手抖著拳頭，像是想揮拳又不敢。

「你冷靜一點，你也要明白我們會這樣想也不奇怪……」葉鴻輕拍周明輝的肩。

「你們這些大老闆，都是這樣的！」周明輝甩開葉鴻的手。「你們……你們……」

不好，周明輝忍不住發作了，佘栢桐看著周明輝想到。要快些阻止他，不然他真的會爆發，天曉得這個笨蛋會說什麼。

「好了好了。」佘栢桐掛上笑臉站到周明輝和葉鴻中間，把他們再分開一點。「劉總不是那個意思。」他走到劉昌永身旁。「不用擔心，你們繼續在這裡休息，我們回去茶水間，萬一陳洛祁是因為某種原因藏起來，他見我們在一起，也不好意思出現吧？所以我想最好還是分開休息，這樣有什麼狀況也可以更靈活應變。」

「那……」

「就這樣，」佘栢桐站起來。「我們也不妨礙你們休息了，我們去茶水間吧。」說著他示意曾家偉他們一起離開。

「喂！你剛才說什麼狀況？」回到茶水間，曾家偉問佘栢桐。

「我隨便說說的，為了要把這傢伙帶走。」佘栢桐指著周明輝癱坐在椅子上。「楊安顏的手杖、被堵的門、被破壞了的緊急電話、失蹤的陳洛祁，劉昌永分明就是懷疑我們，才會說要一起，可是這白痴卻差點因為那點小事抓狂。」

「呃……」周明輝不好意思地低下頭。

「你是說，他懷疑我們有陰謀。」李秀兒說。「他懷疑所有事都是有計畫的，現在陳洛祁失蹤，是因為我們讓他離開的。所以，他想和我們在一起休息，好監視我們。」

佘栢桐看著李秀兒點點頭。「不是嗎？我和他確定過陳洛祁不在通風槽，所以只能是，我們其中一人讓他走樓梯離開，再重新上鎖。他會這樣想也不奇怪啊。」

「那怎麼辦？」曾家偉看來有點不安。

「暫時還不用擔心。」佘栢桐說。「他沒有證據……我想好好休息一下，再想究竟陳洛祁是怎樣離開的。」

「啊～好提議。」周明輝伸了個懶腰。「好像很久也沒睡好，讓我好好補眠一下。」

於是周明輝、曾家偉和佘栢桐一同在茶水間休息，李秀兒回到前一晚休息的會客室。和晚上一樣，佘栢桐只是淺睡。除了他還沒有完全放下戒心，還因為很快便睡著了的周明輝的鼻鼾聲太大，他和曾家偉也只能無奈地相視而笑。

佘栢桐閉著眼，但他自己也知道不可能睡得著。

還有太多疑團未解決。

剛才他是故意那樣說的。雖說根據剛才和劉昌永走了一圈的情況，陳洛祁不可能單獨從通風口逃走，因為通風口的高度，一定要放墊高的東西才能爬上去，然而剛才他和劉昌永並沒有發現有可以墊高的東西在通風口下面，爬到通風系統的陳洛祁，理應沒辦

 (我們做了!)

法把用來墊高的東西放好，所以劉昌永肯定陳洛祁沒有利用通風口逃走。但是……

如果陳洛祁有同黨呢？

陳洛祁爬到通風口，他的同黨把墊高的椅子放回原位。不，同黨和楊安顏、陳洛祁是一夥的，他們有開鎖的密碼……

可是那樣做，對陳洛祁有什麼好處？眼下的情況，現在畏罪潛逃，很容易便會覺得他是出手殺楊安顏的真正兇手，而大家現在也真的是這樣想。而且他的同黨，又會是誰？周明輝？曾家偉？還是……李秀兒？

還有那份文件。明顯是有人故意藏在那裡的。沒有錯，佘栢桐緊閉雙眼，交叉在胸前的雙手，不自覺地握緊拳頭。那份公司章程的條文，四倍的優先權……以前在倫敦幫布絲妮時看過不少類似的，那是懲罰性條款。

在創業投資中，一般需要好幾輪的融資，公司業務才能上軌道，或是產品才能開發完成。如果最初的投資者肯一直支持，那就相安無事，可是如果發展不如理想，或是有投資者不願再出資的話，新一輪的融資，為了保障新的和肯繼續參與的投資者，很多時候都會有所謂懲罰性條款。意思就是懲罰不願再參與的現有投資者。最常見的就是把不參與的投資者的優先權推後，或是顯著分薄他們的股權。

問題是，需要用到懲罰性條款，通常都是成立一段日子的公司，產品的開發一再延後，使現有投資者失去信心，而且在找新的投資者上遇到困難，或是時間拖久了，投資者之間有了分歧，可能最後只有一、兩個投資者願意冒險，那就乘機「獅子大開口」要求更大的回報——雖然布絲妮說這不是乘人之危，因為風險和回報，從來都是成正比，大家你情我願。

剛才和王頌勝和葉鴻的談話，他們對自己開發技術的信心，加上有巴拿這個實力雄厚的投資者，聽起來他們都朝著不錯的步伐邁進，不像是那種陷入融資危機的企業。佘栢桐肯定楊安顏一定有什麼陰謀，要不就不會被捉住把柄。究竟那是什麼？和這又有什麼關係？

而讓佘栢桐驚訝的，還有李秀兒剛才的反應。

做為代表王頌勝的金融諮詢顧問，她沒可能不清楚那些條文的意思，可是剛才看來她好像是真的不懂的樣子。被自己逼問了一下，就只像是背誦事先預備好的臺詞。

當時為什麼楊安顏要僱用她？是老闆看上女明星一樣看上了她？不會吧？她自己也說，比她紅又比她漂亮性感的多得是，楊安顏是看上了她哪一點？

本來他以為，楊安顏找自己回來替他工作，是為了報恩。可是，聽過楊安顏僱用李秀兒的經過，卻是這樣地相似。

楊安顏說過，他不一定需要唸金融出身的人跟著他工作，他要的只是自己的才能，因為他有能力把自己打造成他要的「金融精英」。那表示，自己和李秀兒，都有著相同的才能？

想著想著，好不容易稍微睡著，可是突然傳出一聲驚叫聲，又把佘栢桐驚醒，一時間還有點迷糊，不知道自己是不是還是身處夢境。

深沉的聲音應該是個男人，但正因為一個大男人這樣驚叫，使人感到格外毛骨悚然。

「剛才的是什麼？」周明輝也被吵醒。

「是客戶。」曾家偉看一看其他兩人。三個人都在，所以男人的叫聲必定是來自客戶。

佘栢桐等人一步出茶水間，便看到李秀兒在右邊走來。

「先去接待處看看。」李秀兒邊說邊拔腿沿著南側走道向東跑，經過接待處時那裡已空無一人，所有人應該都已去找叫聲的主人。他們通過接待處北側的玻璃門，來到開放式辦公間，劉昌永等人都站在其中一間會議室外面。

除了一個人，他坐在地上，一副想爬起來但手腳都不聽使喚的樣子。

那是王頌勝。當佘栢桐走近一點時，可以看到他一臉驚恐。錯不了，王頌勝就是剛才驚叫的人。

「怎麼了？」梁郁笙問。

「死……」王頌勝指著會議室內，他臉無血色，氣若游絲，很難想像一個大男人會這樣。「死了人啦……」

會議室內，有張椅子被放在正對著門口的位置，上面坐著一個人。從他的衣著，佘栢桐認得那是陳洛祁。

不，應該說是陳洛祁的屍體被擺放坐在椅子上。那肯定是屍體，因為他心臟的位置，筆直地插著那把瑞士軍刀。沒錯，就是用來捅了楊安顏的那把瑞士軍刀。屍體的雙手垂在椅子的兩旁，因為椅背高度的關係，屍體的頭無力地向後仰，灰白色的臉仍然瞪著雙眼，彷彿他會隨時化身喪屍跳起來。

「報報報警！」葉鴻拿出手機。「該死的！還沒有訊號！」

梁郁笙走上前，示意其他人退出房外，她從口袋裡拿出手帕，裹著手指檢查左胸的刀傷，但沒有拔出刀子。然後她輕輕摸摸屍體的頸，接著捲起他的衣袖檢查他的手臂，又繞到屍體的後面，看他的後頸和窺看衣領裡面，最後還掀起褲管查看雙腿。

「詳細情形要回去解剖才知道，但我懷疑，陳先生是被勒死，並不是被刀刺死的。」梁郁笙說著。「屍體頸上有一條紅印，明顯是被一英寸左右寬的東西勒頸。眼睛的情況也和窒息致死吻合。頸上有刮傷的痕跡，他指甲也有點點血跡，看來是被勒著的時候雙手掙扎造成的。另外，他的手臂沒有防禦性傷口，如果他是被人在前方用刀襲擊的話，理應有反抗造成的傷痕，畢竟一個大男人，要從正面攻擊並不是那麼容易。」

一英寸寬的東西……佘栢桐在想，有什麼東西符合呢？

緊急電話的電線？兇手是要拿走電線，才故意破壞電話？使大家的注意力都在被破壞的電話上，而沒有留意到電線被拿走了？

不可能，佘栢桐立刻否定自己的推理。梁郁笙都說了，是一英寸寬的東西，電線相對太細了。

這時他的目光不經意掠過會議室內的矮櫃。

啊！

佘栢桐猛然記起，前一晚周明輝他們把楊安顏的屍體藏在矮櫃中，卻不小心露出領帶一角的狼狽相。

如果是領帶的話，那個寬度就很吻合。

他看了所有人，都沒有人有繫領帶，所以兇手是……

「還有，」梁郁笙繼續說。「從屍體僵硬程度和屍斑來看，死亡至今最少有十二小時。即是今早我們發現他不見了的時候，他就已經死了。」

雖然不是什麼大發現，但這確定了佘栢桐的懷疑，就是說不定昨天晚上，看到陳洛祁上廁所之後不久，他就遇害了。

「啊，還有，」梁郁笙繼續說。「這裡不是第一案發現場。」

「怎麼說？」劉昌永終於開口。

「我剛才看了一下，屍體的屍斑，集中在背部、手臂三頭肌、小腿二頭肌，也就是都在身體的背面。而且我剛才按了一下，按壓也沒有變形，表示這些屍斑已經形成很久，我想他死了之後，屍體一直都是仰躺著，直到屍斑形成十二小時後，屍體才被移到這裡的。」

「剛剛……」劉昌永開口。「屍體是剛剛被移到這裡的。」然後他轉過頭來望向佘栢桐。「在我們分開休息之前，我和佘栢桐才巡視過這裡，那時我們沒有看見屍體。」

「嗯。」佘栢桐點點頭。「王先生，你可以再說一次，剛才發現屍體的情形嗎？」

「啊……嗯。」王頌勝的情緒看來稍微鎮定下來，他用衣袖擦一擦額角的汗。「因為坐久了，就想走走運動一下。其實也沒走多遠，就在經過這房間時，看到有人坐在那裡，那時我沒留意到胸口插著刀，還以為是誰在那裡睡著，當我走近一點去看看那是誰時，便發現……天啊，他還瞪著眼……好像在盯著我看……」

佘栢桐看一下手錶。從他們聽到王頌勝的喊聲，到剛剛梁郁笙完成檢查，也只是大約過了二十分鐘左右；佘栢桐他們去茶水間補眠也只是兩個鐘頭前的事，而他和劉昌永巡視整層樓時，房間裡肯定還沒有屍體，因為他確定所有門都是打開的。不過，當時他和劉昌永都沒有想過陳洛祁已經遇害，所以只在查看有沒有可以讓他逃走的路徑。說不定，當時陳洛祁的屍體是藏在辦公室內的櫃子中，就好像他們前一晚藏起楊安顏的屍體一樣。

陳洛祁死了至少十二小時，所以兇手昨晚殺死陳洛祁後，把屍體藏在辦公室某處，然後在他們各人分散休息之後的一個半小時內，把陳洛祁的屍體運到那房間裡。

為什麼？

既然已經成功把屍體藏起來沒有讓人發現，為什麼現在要把它抖出來？而且還要是以這個方式，簡直就好像是在宣告什麼一樣。還有，明明是勒死，為什麼還要在屍體上插上那瑞士軍刀？

「那……」沒想到李秀兒突然開口。「在王總離開接待處，去北側的辦公室前，有沒有其他人也去過那邊？」

「沒有。」王頌勝很快地回答，可是他之後猶豫起來。「那……應該說，沒有人利用北側的門。」

「嗯。」梁郁笙說。「我和昌永都上過洗手間，但都是從南側的門進去。」

當然，從接待處去洗手間，最快捷徑必定是走南側的門。佘栢桐對此不意外，畢竟被困在這大樓裡也沒啥可做，多走動上廁所也很正常。

「啊，就是我碰見你們的時候。」曾家偉輕輕拍手。「那時我也是剛好要上廁所。」

「對，其實只是我要上洗手間，但是昌永硬說要陪我，碰見你時我們剛好要回去。」

佘栢桐也記得，當時周明輝很快便睡著，還有很大的鼻鼾聲，他還和曾家偉一起笑。曾家偉就是那時去上廁所的，五分鐘左右就回來了。而佘栢桐很清楚，曾家偉是向南走的，並沒有去北側那邊。如果他是繞一個圈去北側的話，必先要經過接待處。而在接待處的客戶們也是，他們互相證明沒有人去過北側，如果從南側繞道過去的話，必定會經過茶水間，還有李秀兒也在角落的辦公室，雖然佘栢桐自己在閉目養神，可是要避開不讓他、曾家偉和李秀兒發現似乎不大可能。

那兇手究竟是誰？

在佘栢桐還想說什麼時，劉昌永已經先開口：「那，既然現在也沒有啥我們可以做的，那我們還是回去那邊吧。」

「可是屍體……」葉鴻指著房間裡。「就這樣擱著好像有點……」

「不要動他。」梁郁笙攔著葉鴻。「這是謀殺案，在警方來之前，我們不要隨便動現場。」

「可是讓他闔上眼也可以吧？」佘栢桐有點不忿地說著，走到陳洛祁的屍體旁。這時劉昌永已牽著梁郁笙的手離開，王頌勝和葉鴻也跟著他走回接待處的方向。

而周明輝和曾家偉，也只是一聲不響地，走相反方向回茶水間。

替屍體闔上眼，準備離開時，佘栢桐偶然碰到陳洛祁外套的口袋，裡面好像有什麼東西。趁沒有人注意，他悄悄地把手伸進去。雖然他覺得去摸死人的口袋也夠噁心的，但是此刻他的好奇心勝過一切。

那不是在口袋裡，而是在外套的內層裡，因為口袋有個破洞，東西就穿過破洞掉到內層了。佘栢桐好不容易才能把東西掏出來。

那是一顆鈕釦。紅色的鈕釦，還連著紅色的線，看來是從衣服上掉落的，從大小判斷應該是外套的鈕釦。

他把鈕釦悄悄放進自己的口袋。

佘栢桐再摸外套另一邊的口袋，裡面是一些單據和零碎的雜物。可是混在其中的，是一張字條，上面寫著「背叛者——死」。

這時他想起什麼，確定沒有人在看後，他摸遍陳洛祁的屍體，所有的口袋、襪子、衣服之間的空隙。

當他回到茶水間時，所有人都在這裡。沒有人說話，空氣中彷彿充斥著一股壓迫感。明顯地，他們這群被困在這大樓的人，已經分成兩派。剛才看到劉昌永的表情，佘栢桐就明白了這一點。

 (我們做3!)

劉昌永必定也對誰是兇手進行了推理。但是，對劉昌永來說，能把屍體搬到那房間中而不被發現的，只能是聲稱在茶水間那幾個人，或是待在西南角的李秀兒，甚至他覺得李秀兒他們所有人都是共犯。

同樣地，周明輝他們，也會這樣想王頌勝他們，畢竟屍體是王頌勝發現的。

現在在這裡的每一個人，都因為不同的原因來，到這還未啟用的大樓。大家也說是被不同的人邀請來的，劉昌永說他是路過，可是，如果其中有人說謊呢？

現在有人死了，大家的互信也完全崩潰了。

「是誰？」王頌勝首先發難。「之前他失蹤，現在竟然變成死屍出現！所以能殺死他的人，只有是這裡的其中一人！」

「你還說！」周明輝喊著。「屍體是你發現的！」

「你這是什麼意思？」王頌勝想衝向周明輝。

「大家冷靜一下。」佘栢桐又再一次分開在鬧的二人。「不如這樣，大家也累了，劉先生不如你們到接待處那邊休息一下。」

「嗯，我同意。」劉昌永和梁郁笙扶著王頌勝離開。

「那份合約文件，就是要挾楊安顏的把柄。」客戶們離開後，李秀兒重重地呼了口氣，雙手十指緊扣握著拳頭。她抖著手對大家說發現被藏在抽屜那份文件的事。「那裡有巴拿旗下的子公司，與王頌勝和葉鴻的合資企業章程變更的文件，還有巴拿和劉昌永合作計畫的意向書。」

「可是我不明白。」周明輝說。「為什麼那會是威脅楊安顏的把柄呢？這些文件，沒有什麼見不得人的東西，所有條款也是合法的啊。」

「獨立來看這些文件是沒有什麼異常的，可是一起看的話，就不難看出楊安顏背後的陰謀。」佘栢桐解釋著。本來他還想再說下去，可是看到周明輝一臉茫然的樣子，他沒有再繼續。

他覺得周明輝根本不明白，就像一開始李秀兒不明白那四倍優先權背後的意思。這不是艱深的金融理論耶，以他們這些「金融精英」的水準，應該是會立刻明白箇中意思的。這點就讓佘栢桐感到怪怪的。而且為什麼李秀兒可以那麼隨便就在曾家偉面前談這些合約？曾家偉和陳洛祁一樣，都只不過是外包公司特才的員工，並不是巴拿的職員，而且那畢竟不是公開的合約，為什麼她可以那麼輕鬆地讓曾家偉知道那些合約的存在？

「呃，各位，」佘栢桐雙手插在口袋，生怕口袋裡的鈕釦會掉出來。「如果不介意的話，可不可以再說一次，昨天晚上的情況？我來的時候，你們已經和楊安顏在吵，究竟那是怎樣開始的？我是指一開始，你們每個人來到這裡的情形，怎樣開始和楊安顏起爭執的？因為，」佘栢桐攤開手掌亮出那字條。「這是在陳洛祁身上找到的。」

「背叛者——死……」周明輝看了看曾家偉和李秀兒，然後便先開口：「幾天前，我收到個奇怪電郵，對方說手上握有楊安顏的把柄，如果以這個來勒索楊安顏的話，可以賺到很高的價錢，不過實行全盤計畫需要我的協助。那個人邀請我來這裡進一步商討……」

「我也是一樣。」李秀兒加入。「我也是前幾天收到差不多的電郵。」

「那你們知道那是誰嗎？是用巴拿的電郵帳戶寄的？」

周明輝搖頭。「那是一般的網路免費電郵帳戶。」

「那你為什麼會相信那個人？」

「因為那個人讓我感到，他是巴拿內部的人。」李秀兒回答。「在電郵裡他指示我去一個雲端硬碟，那裡有一封信。那封信提到楊安顏在進行某個計畫，可是他需要李秀兒……呃，需要我的加入，總之那封信提到一些只有巴拿內部的人才會知道的事。一定是在巴拿內部，有誰得到一些資訊，把我們每個人破碎的資料串連起來。」

「妳說什麼？破碎的資料？」聽到李秀兒說「破碎的資料」，佘栢桐有點驚訝。

「呃，因為我們都是負責不同的客戶嘛。」

「嗯，我想那人聯絡我和李秀兒也是因為這個原因：我是負責葉鴻的，而李秀兒是王頌勝那邊……總之，那個人約我們昨晚九點來這裡，來到這裡時，剛巧碰見李秀兒在這裡，當我們到達頂樓時，陳洛祁已經在接待處坐著。」

「陳洛祁就是約你們的人？」

李秀兒看一看周明輝。「從他看見我們的表情，並不像是在等我們。」

「嗯，他看見我們時有點驚訝，就像我碰見秀兒一樣，因為我們都不知那人還邀了誰。」

「就在我們邊走到北側邊互相確認，是不是都是收到那神秘人邀請，這時楊安顏就突然出現了。」

「正確來說，當時我們邊談邊通過玻璃門進入北側的辦公室，在我們還在想究竟是誰的時候，楊安顏就突然好像鬼一般出現了。」

「他看到我們，好像發狂似地在罵，說我們出賣他，不知感恩之類。」

這就是「背叛者」的意思？佘栢桐暗忖。

「我比他們遲來。」曾家偉說。「我到的時候，楊安顏已經在罵他們了。」

「等等，他一看到你們便在罵？」佘栢桐打斷他們。「而且，他罵你們出賣他？那就是說，他是知道你們打算勒索他的事了？」

「說來也是……」周明輝在想。

「我明白你的意思。」李秀兒看著佘栢桐。「我們被邀來這裡，準備商量勒索楊安顏的計畫，而楊安顏又剛巧約了王頌勝他們來參觀這新建的大樓。而不知為什麼他知道了我們的計畫，所以看到我們的時候，便知道我們是來進行什麼陰謀。」

「問題是，他是如何發現的？」

「他一定是知道，有人拿了巴拿和劉昌永公司的新型住宅大樓發展計畫的文件。」曾家偉一臉認真在分析。「所以……一邊有人聯絡我們去勒索楊安顏，而另一邊有人向楊安顏通風報信。」

「陳洛祁。」周明輝說。「我們來到時，陳洛祁已經在這裡。一定是他！他早到了，給楊安顏碰個正著，他把我們的事告訴了楊安顏，然後他給楊安顏收買，在我們來

 (我們做了!)

到時向我們套話。」

「靠！」曾家偉突然喊，可是他立刻發現自己太大聲了，連忙用手捂著嘴。

「呃……那個……是不是在陳洛祁身上？」

「那個……？啊！」周明輝一臉恍然大悟。「『契約』！楊安顏死後，我們都用他的血按指印記得嗎？」

他們終於想起來了，佘栢桐想，而且他記得，當時提出要立契約的，正是陳洛祁。

「天！要在警察來之前，把陳洛祁留著的契約拿回來。不然警方便知道我們殺了人！」周明輝開始發慌。「陳洛祁身上那張，只有我們的血指紋，但沒有他的。」

「那我們要回去……」李秀兒正打算出發。

「不用找了。」佘栢桐阻止他。「我剛才已經找過，他身上什麼也沒有。」他對鈕釦的事撒了謊。「看來被兇手拿走了。」

「兇手……會是誰？」周明輝掃視所有人。「難道……是我們這裡其中一人？」

「不大可能。」之後佘栢桐說出他的推理。「我們這邊，都沒有人向北側走過，上廁所都只會走南側。如果在南側繞圈去北側的話，就必會經過接待處。所以變相兩邊也有人守著，我們，不，還有劉昌永他們，根本沒可能辦到不被發現而把陳洛祁的屍體搬到那個房間內。如果不是王頌勝他們的話，唯一可能的是……」

「是什麼？」周明輝急著問，因為隔了很久佘栢桐還沒有再說下去。

「楊安顏。」曾家偉突然冒出一句。「噢，我的天哪！」

佘栢桐看著曾家偉，他很快便明白他的意思。「楊安顏……沒有死。啊……那就說得通。」

「誒？」周明輝看著佘栢桐，又轉頭看曾家偉。「什麼？等……等等，我不明白！你說什麼他沒有死？」

「楊安顏和陳洛祁是同黨。」曾家偉說。「不知他們是何時結盟的……可能是在收到邀請的時候，也可能是昨晚碰見楊安顏時，但我猜是昨晚之前。可是意想不到的事情發生，就是我們在和楊安顏糾纏時，有把刀掉了出來，陳洛祁唯有來個順水推舟，故意刺傷楊安顏但沒有刺到要害。之後楊安顏為自己……也許是陳洛祁幫助，進行了急救。而楊安顏仍沒有忘記你們的背叛，他乘機殺了陳洛祁，還要這樣大費周張地把他的屍體示眾，就是要警告我們這班『殺死』了他的人。」

「可是不對……」佘栢桐皺著眉。「如果他們是同黨……如果真如你所說，那楊安顏為什麼還要邀請王總他們來？劉昌永是不請自來的我還可以理解，但王頌勝和葉鴻呢？楊安顏把他們叫來，是為了什麼？還有就是，假設楊安顏和陳洛祁真的安排了那場戲，可是沒有人知道會停電啊，我們都看見了，刀子是真的刺了進去的。以現在的情況，楊安顏鐵定會失救而死吧？」

「栢桐說得有道理。」周明輝點頭。「為什麼他要選我們聚頭的這一天，特地約王總和葉總來？」

「呃……這……」曾家偉有點詞窮。「這個……楊安顏一定是有他的計畫……」他

 (我們做3!)

邊說邊脹紅了臉。他想堅持他的推理，可是又找不到解釋去反駁。

「等等……計畫……」周明輝像是想到什麼。「那就是楊安顏的計畫！他知道我們昨晚會在這裡碰面，便故意約了其他人來。他和陳洛祁約好，故意做那場戲，為的是要讓你們變成刺傷他的現行犯，王總和葉總就是他安排的證人。可是時間沒有掌握得好，你們刺傷他時王總他們還沒到，所以陳洛祁提出了用楊安顏的血來做『契約』。」

「可是……現在停電，楊安顏又受了那樣的傷，他有可能躲在這大樓裡，又行動自如地去殺陳洛祁嗎？」

「那一定是假的。」曾家偉斬釘截鐵地說。「如果那是楊安顏的計畫，他一定是準備了血漿，裝成被害者。」

「假血？」佘栢桐從口袋掏出他那張「契約」。「看來不像……」

「血應該是真血。」曾家偉沒好氣地說。「不過不是他的血，可能是醫院的血包還是什麼的。」

「所以……楊安顏是有心要陷害我們，而陳洛祁……就是被用完丟棄的棋子。他故意這樣擺放陳洛祁的屍體，就是要給我們警告……」

佘栢桐站在一旁，聽著曾家偉和周明輝興奮地你一言我一語的「分析案情」，可是他完全沒有加入的意思。

即使那是楊安顏的計畫，那殺死了陳洛祁後，他又躲到哪裡？

沉默的不只他一人。他看了看李秀兒，她並沒有參與剛才的討論。她眉頭深鎖，目光不知在看哪裡。

是何時開始的呢？現在的李秀兒，好像忽然安靜了很多……

 (我們做了!)

16

你可以壞，但不能蠢。你哪會看到超級英雄的死對頭是笨蛋？

——楊安顏《我要做金融精英》

「打工？」趁著排練的空檔，佘栢桐坐在一角喝咖啡。

「我外甥考上了蘇格蘭的研究院，所以那律師事務所有空缺。」老人抽了口菸。

佘栢桐到倫敦已經半年，現在在一個小劇團學習，並一邊打工維持生活。劇團裡有個老人，大家都叫他「老爹」。老爹的身分很神秘，有說他是團長的好友，也有說他其實是劇團的金主。但無可置疑的是，他擁有超凡的演技，更使人奇怪為什麼他會在這樣的小劇團裡。

在劇團裡，佘栢桐感到和他最投緣。

「可是我沒有在律師事務所工作過，而且還要排練……」

「你不用擔心，都是些雜務。」老爹又抽一口菸。「我以前也在那裡工作過，那裡的工作時間很有彈性。多接觸些其他行業的人，對演戲也有幫助。特別是那裡，你應該會學到不少。」

在老爹的安排下，佘栢桐開始了在律師事務所的打工。第一天上班，他才知道原來那是數一數二的國際事務所。他隸屬行政部，除了全職的員工，還有佘栢桐以外的五、六個工讀生，主管根據他們方便上班的時間，每三個月編一次班。他被編在早上八點到下午兩點的班，剛好看著快遞員來拿取要當天送達的快遞就可以下班。除了和他同一班的另外一個工讀生，和有時下班會碰到的另外兩人外，佘栢桐從沒有碰過其他工讀生。

老爹說得對，律師事務所最多的工作，都是一些雜務，像是影印，處理郵件、文件寄送之類，或是替律師的秘書準備會議要用的東西，他不能想像現今還有那麼多紙本文件的往來。在那裡工作了三個月，都沒有和律師說過半句話。

雖然如此，但他很快便搞清楚，蘇菲和大衛兩個初級律師平日經常為了案件的分配有爭執，但是一討論起案情，兩人都不吝嗇地交換意見；反而年資比較久的嘉露蓮表面對所有人都很親切，但佘栢桐不止一次看到她私下做些小動作阻礙別人。看著他們的互動，佘栢桐明白老爹所說，在這裡打工說不定對演戲有幫助這句話的意思。在這裡的每一個人，都像是在演一個角色。

這一晚本來負責夜班的工讀生不能來，剛巧佘栢桐沒事做，便答應頂替。

八點以後辦公室沒有太多的人，他根據上一班留下的東西，影印下午完成的合約，準備第二天要用的文件。

原來夜班都沒什麼事要做耶。已經做完手頭上工作的佘栢桐，坐在給工讀生的座位上，盯著已經影印好的文件。他重複檢查，確定在要簽名的位置已貼了指示簽名的便條貼。不知不覺，他開始讀起那份合約來。

企業合約真麻煩耶，他不禁想。有一整個部分是不同用字的定義，但定義中又會引用另一個部分，然後某一個條款又會引用另一個條款的條件，就這樣來來回回，看了很久都不大明白，佘栢桐不禁重重嘆了口氣，當律師真不容易耶。

「很難明白嗎？」一個聲音在佘栢桐面前響起，他抬起頭，是一個頭頂著隨意盤起的髮髻的金髮女人。她穿著合身的襯衫和半截裙，腳上穿著至少三吋的高跟鞋。從她一身的衣著，佘栢桐看出她一定是律師。

「啊，我只是看看而已。」佘栢桐連忙把文件疊好。「有什麼要我做的？」

「你是工讀生？」

「是的，我叫佘栢桐，叫我阿桐就可以了。」

「布絲妮。」女人和佘栢桐握手。「你是想考法律學院的學生？」

「哈哈，不不，我只是來打工的，這些法律文件我只是好奇看看。原來夜班都不太忙。」

「嗯……最近不太忙，我想只有我們還在。」布絲妮看了看佘栢桐已經完成的工作。「我要送一份文件，你就和我一起走吧。」

布絲妮口中的送文件，其實只是把文件交到在附近的另一家律師事務所。佘栢桐看她和另外那位律師的互動，似在給朋友送東西多於公事上的聯絡。

「這個時間還真有這麼多人還在工作哪。」佘栢桐抬頭看著剛離開的辦公大樓，那裡還有不少窗戶都透出燈光。

「哈哈，律師的工作就是這樣。我今早七點半就有個電話會議，明天也要一早回來。」

「哇，那很辛苦吧。」佘栢桐驚訝地說。「我曾經為電影跑龍套，那些大牌的演員，在試鏡頭燈光時都不會現身的，都是替身做的。所以我覺得你們律師也應該要找個替身呀。」

「原來你是演員？」一起走到地下鐵站時，佘栢桐談到他是演員。布絲妮不禁露出欣賞的表情。

「其實還只是在奮鬥階段吧，還不能算是個專業的。」

「很不錯呢，」布絲妮笑著。「想不到每天見面的人，竟然有著那麼不一樣的人生。」

「你們律師才厲害，那些合約每一個單字我都懂，可是卻完全不懂整篇是什麼意思。」

布絲妮忍不住笑。「你不是第一個這樣說的。不過，就像演員看劇本呀。」

「什麼意思？」

「整份合約，有它訂立時的精神所在。只要明白背後的精神，再代入客戶的需要，就不難理解那些條文的內容。就像演員要理解整套劇的意思，才能適當地詮釋好角色。」

「好像又有些道理，果然是律師。」

「你有聽過從前銀行的前檯職員，很多都會辨認偽鈔嗎？」現在已經很少銀行會有很多前檯職員了。

「是要經過特別訓練嗎？」

「當然基本的訓練是有的。但是只是因為他們每天都會接觸很多鈔票，當拿到偽鈔時，即使只是一點點手感不對，銀行員立刻就會察覺不妥。很多事，只要看多了，就能掌握。看法律文件是，當演員也是，你也是為了接觸不同的人，豐富演繹角色的深度，才來這裡打工吧？」

佘栢桐一怔。

整個律師事務所，沒有人會關心自己是為了什麼原因來打工。他們有寒暄式地問過，可是他們都沒有把佘栢桐的回答放在心上。

除了布絲妮，她彷彿一眼便看穿了。好像是第一次，佘栢桐有被除了校長和養母以外的女人關心的感覺。

這種感覺，很特別。

突然間，佘栢桐覺得眼前這個女人很有魅力。

那晚之後，佘栢桐常常趁著整理文件的機會，偷偷閱讀那些文件，遇到不明白的詞彙，他會趁沒有什麼人時問布絲妮。布絲妮說得對，看了一陣子，除了越看越快外，漸漸地他也能看出一些「辛辣」或是暗藏陷阱的條文，每當他問布絲妮時，她都對佘栢桐能看出而流露出驚喜的表情。

因為布絲妮是企業事務的律師，她有很多文件也和企業融資併購有關，這些條文中，最令佘栢桐覺得不可思議的，是所謂懲罰性條款，是什麼樣的情況，才會使股東願意讓自己的股權被顯著分薄呢？

「這樣說好像不大好，但某程度上就像賭博，你願意繼續投注下去，還是止蝕離場？不過無論怎樣，這都是你情我願。」

那是夏天尾聲的時候，律師事務所辦了個派對慰勞員工，連工讀生也在被邀請之列。事務所在附近的餐廳包場，食物還是其次，最重要的是酒任飲。所以那天大家都早早完成了手頭的工作，還沒到兩點就已經在公司內寒暄閒晃。

除了嘉露蓮和布絲妮。她們兩個今天也要把好幾份文件讓客戶簽好送出去，所以她們和她們的徒弟也忙得團團轉。布絲妮的徒弟正巧出去了，她又想要找他。

「他出去了。」嘉露蓮的徒弟告訴她。剛好他們談話的地方在男洗手間前，給在上洗手間的佘栢桐聽到

「那你過來幫我一下。」

「誒？」

「我這邊有幾份文件，你幫我影印兩份放在工讀生的桌上，他們會處理。」

回到位子時，佘栢桐已經看到兩大疊文件在桌上，每疊最上面都有封簡短的信，下款有著布絲妮的簽名。

「喂，你可不可以幫我看一下影印機？好像有點問題。」佘栢桐正要處理寄件時，嘉露蓮的徒弟走過來，他恐怕不知道他的名字。

「嗯，好的。」佘栢桐跟著他到擺放影印機的房間。

「沒有反應耶。」那個人說。

「影印機沒紙了。」佘栢桐冷冷地說。他把旁邊的紙放進去，影印機很快便吐出影印本。

真是的，這麼簡單的事也看不出，還說是未來律師。

當佘栢桐回到座位時，那兩疊文件不見了。同一時間，他聽見高跟鞋的腳步，抬頭就看到嘉露蓮離開的身影。

一個可怕的念頭在佘栢桐腦海中出現，他跑到辦公室角落的文件銷毀箱。那是一個上了鎖的大箱子，只有一個很小的口，所有要銷毀的文件都會投入那裡，每星期都會有專人來清理，確保資料不會外洩，就連事務所的人都沒有鎖匙。

那個該死的實習生不是不懂用影印機，他是奉嘉露蓮的指使引開自己，讓她有機會把布絲妮的文件投進銷毀箱。佘栢桐不甘心地窺視著銷毀箱的投入口，文件在裡面嗎？

銷毀箱是鎖死了在地板上，就是為了防止有人推倒箱子把要銷毀的文件取出，佘栢桐想伸手進去，可是投入口只僅僅夠手掌穿過，無論他取哪種角度，根本不可能掏出裡面的東西。他嘗試用不同的道具，也是徒勞無功。

「栢桐！」在佘栢桐弄了半個小時後，本應空無一人的辦公室出現了一個人。

那是布絲妮。「我都不見你在派對，原來你還沒走。你在這裡做什麼？我發了很多個短訊給你。」

「啊，我的手機在座位上。」

布絲妮看到佘栢桐弄得通紅的手，和後面的銷毀箱。「我們走吧。」

「可是……」

「走吧！來！」

「可是妳的文件被丟了進去啊！雖然我看不到，但是我知道是嘉露蓮做的！她……」

布絲妮把食指按在他嘴唇上，再轉頭看看有沒有人。「知道了，我們走。」說著她牽著佘栢桐的手。

結果他們沒有回去派對，而是去了布絲妮住的公寓。一進門，就像電影一樣，布絲妮已迫不及待邊吻著佘栢桐邊脫去他的衣服。像是回應般佘栢桐也脫去布絲妮的襯衫，正當他要解開她胸罩的釦子時……

短促地睜開眼時，他和一個歐巴桑瞪得大大的雙眼對上了，他立刻嚇得把布絲妮推開。

「啊，茱迪。妳在啊。」

「嗯……今天是我來打掃的日子。我不知道妳會提早回來……那，我先走了。」歐巴桑匆匆地拿起她放在沙發上的包包，差不多是用跑地奪門而出。

「那是妳的家傭？」佘栢桐不好意思地用手遮掩赤裸的上身。

「當然不是，這樣小的地方哪裡可以讓家傭住？而且我不喜歡家裡有外人走動，那很不方便，像現在一樣。」布絲妮倒是沒有很在意，她去冰箱拿了瓶喝了一半的白酒倒進杯中。「她是鐘點啦，一個月來兩次幫我打掃。因為下午我多半不在家，所以也沒有特別在意她哪天來。對不起啦。」看到佘栢桐尷尬的樣子，她噗地笑了出來。

「真的不要緊嗎？我指文件的事。」

「你知道我為什麼那麼急著要找你，甚至折返公司嗎？」布絲妮喝光杯中的白酒，又再倒了一杯。「因為你一直沒有聯絡我或我的秘書。那兩疊要你寄送的文件，上面有我簽了名的信。」

「我記得。可是嘉露蓮的徒弟要我幫忙看看影印機的問題，回去後那些文件就不見了，接著我就看到嘉露蓮離開了。」

「我的信上面，沒有地址。」布絲妮微微一笑，這時她兩頰已有點泛紅。「再晚一點吧，嘉露蓮的客戶就會告訴她，他們等著的文件還沒送到。」

佘栢桐明白了。嘉露蓮銷毀的，其實是她自己的文件，只是上面放著布絲妮的假信件，讓文件看起來像是整疊都是布絲妮的。

這是布絲妮設的陷阱。

「如果那個女人沒有歪念頭的話，文件不會被銷毀。你會去準備寄那些文件，但你立刻就會發現沒有寄件地址，那你一定會聯絡我、我徒弟或是我的秘書去確認。那我就會告訴你我搞錯了，請丟了信，把文件放到嘉露蓮的辦公室。又或者她或是她的徒弟夠小心的話，會發現信件下面的其實是他們的東西。」布絲妮再把酒喝光。「有些人就是又沒腦又壞心眼。」

布絲妮放下酒杯，輕輕執起佘栢桐的手。「可是，沒想到你以為我的文件被丟進銷毀箱，竟然會做到那個地步。」

她輕輕地吻著他，他的胸膛感受到她胸罩的蕾絲，和胸罩下面那豐滿的柔嫩。

——所以這算什麼啊？佘栢桐抑壓著內心的不忿。是做為我是一隻出乎意料忠心的狗的獎勵嗎？

她的手繞著他的頸，他聞到她的香水和汗水混雜的氣味。那是一種獨特的誘人體香。

他感到自己的心跳越來越快，他已經不清楚，那是因為肉體被撩起的興奮，還是因為對自己被布絲妮蒙在鼓裡的憤怒。

「你有女朋友？」在微微喘息間，布絲妮輕聲地問。大概是見佘栢桐對她沒有什麼反應。

「沒有。」要不是布絲妮這樣問，正在壓抑著高漲慾望的佘栢桐，在那一刻本來完完全全忘了李秀嵐。

「不要緊，你可以把我當成你喜歡的女孩。」布絲妮繼續說。「不過可能我的身體沒有她那麼年輕。」

——那妳把我當成誰啊。佘栢桐把布絲妮推倒在地上，他感到自己的理性越來越模糊。

布絲妮晃動的金髮清楚地告訴著他，被他壓著的這個女人，並不是李秀嵐，但是在他抽動之間，聽到布絲妮高亢的呻吟，他還是會以為自己聽到的是，那個夏天第一次聽到，那像是南瓜拿鐵的甜膩聲音。

17

有人很在意死後會被人怎麼評價，其實既然是死後的事，為什麼要在乎呢？

——楊安顏《我要做金融精英》

從夢中驚醒的佘栢桐，只感到頭痛欲裂。

看一看手錶，指針指著十點十二分……是早上還是晚上十點？佘栢桐想了一下，啊，昨晚準備睡覺時已經是差不多十一點的時候，所以現在應該是早上十點。也就是說，自己已睡了差不多十一個鐘頭。

是疲勞過度嗎？在這種環境下竟然可以這樣昏睡。可能是這不大透光的玻璃窗，沒有太多日光照進來，讓人不知道天亮了。對，自己和其他人被困在巴拿金融新建的大樓頂層，他親眼目擊了巴拿金融的員工殺死了楊安顏——巴拿金融的老闆。

巴拿員工……對，李秀嵐也在其中。啊，她說要叫她做李秀兒。

之後……之後他們藏起來的楊安顏的屍體，無緣無故地不見了，然後其中一名員工陳洛祁也失了蹤……不，他被殺了，昨天他們發現了屍體……就像是故意被擺在那裡展示的，明明是被勒死的，可是胸口卻插著刺楊安顏的瑞士軍刀……

 (我們做了!)

然後昨天……他們的結論是，楊安顏根本沒有死，他裝死是一個回馬槍來陷害李秀兒他們，陳洛祁那個牆頭草也被他滅口了。

想到這裡，佘栢桐也完全清醒了。

昨晚……昨晚他們一行人也是在茶水間吃了簡單的能量棒當晚餐，可是沒多久就覺得好睏，也就各自找地方休息。因為不知道楊安顏藏身在哪裡，大家都怕會落得和陳洛祁一樣的命運，可是另一方面，發現陳洛祁的屍體後，巴拿員工和客戶們也攤了牌，互相猜忌的兩派分開休息。由於梁郁笙決定和劉昌永留在接待處，而不是再和李秀兒一起，這對監視有利，所以周明輝他們很快便決定分開兩組，在接待處南側和北側的開放式辦公間休息。不論客戶們往哪處走，都必定會經過其中一邊的開放式辦公間。佘栢桐和李秀兒在南側，曾家偉和周明輝就在北側。

佘栢桐又能再和李秀兒獨處，可是她總是鎖著眉頭。

「秀兒，妳在想什麼？」

「啊，沒有。」

「妳從剛才開始就一直這個樣子……」

「可能是我太累了吧。」

真爛的藉口。佘栢桐不禁想，是她不再在乎要在他面前有完美的偽裝？還是她認為自己不值她花精神去偽裝？

「那妳閉上眼。」

「……」李秀兒沒有說話，她當然明白佘栢桐的意思。終於她的表情放鬆下來，微笑著閉起雙眼。「你還記得這個啊？那你要帶我去哪裡？」

「好。」佘栢桐笑著閉上眼。「天色都是灰灰的，偶爾會有一、兩滴雨打到臉上，但更多的時候只是悶著，這是倫敦常見的天氣。我們在泰晤士河沿岸走著，路上有很多遊客，我們都好幾次被撞到。終於來到這裡，一個矮矮的圓頂建築，白色的外牆很有十六世紀的建築風格……」

「莎士比亞劇場。」李秀兒笑著說。「終於到了。」

「可惜今天休息。」佘栢桐用有點俏皮的聲線說，李秀兒不禁噗地笑出來。「說時遲那時快，現在已經是晚上，我們剛看完《悲慘世界》……」

李秀兒低聲哼著裡面的歌曲。

「我帶著妳走進城西的小巷，拐了幾個彎，來到一幢公寓，不，我不是帶妳來這公寓，而是在公寓地下室的小劇場。走下樓梯，推開貼了海報的門，裡面有個像是酒吧的地方，那盡頭有一幅帷幕，前面是個小舞臺，有時候會有歌手演唱，或是單人喜劇的表演，那也是我以前表演獨腳戲的地方。」

「劇場已經打烊，你走上舞臺，我坐到……最前那桌……子的座位……」李秀兒的聲音有點弱。

「表演……要……要開始囉……我……從舞臺側面鑽……進帷幕的後面……然後出……場……」佘栢桐覺得很睏，他覺得自己的頭越來越重。

 (我們做了!)

睡著前的一刻，他稍微睜開了眼，李秀兒已經在椅子上低著頭睡著。一瞬間，他還以為他倆身處倫敦的小劇場，相隔了三年，兩人又終於一起穿越了時空。

可是，在佘栢桐再閉上眼的那一刻，他彷彿看到，在劇場角落的那桌，坐著一個穿高跟鞋的女人，那頭流瀉的金髮似曾相識……

然後佘栢桐的夢境，竟然飄回了和布絲妮相遇的情景。

為什麼會夢見在倫敦和布絲妮的事？是老天要提醒他，他已經不是大學時代，那個懵懂地暗戀著李秀嵐的佘栢桐了嗎？佘栢桐甩甩頭，終於想起了昨晚的事。

對了，秀兒呢？

佘栢桐這時才發現，李秀兒並不在辦公間。她已經醒了嗎？難道在廁所梳洗？好不容易站起來，佘栢桐感覺整個人還是昏昏沉沉的。走到女廁外，他敲著門。

「秀兒，妳在裡面嗎？」

沒有回應。

可能她已經到了茶水間了，昨天早上大家起來後也是聚在茶水間的。

正要轉身走向茶水間時，佘栢桐留意到對著逃生樓梯的辦公室，辦公室的門是關上的。

奇怪……為了不讓人有機會躲在辦公室裡，那時他和劉昌永巡視時，他們把所有門都打開了的。

打開辦公室的門時，佘栢桐有一種不好的預感。

好像有人在那房間裡。

站在房門外的佘栢桐，只能僵在那裡——

不要不要不要不要不要不要不要不要不要不要不要不要不要不要不要不要不要不要——！

他彷彿聽到腦中不斷喊著。他好想這樣喊出來，可是整個人每吋肌肉好像冷僵了不聽使喚。

辦公室內，李秀兒癱坐在椅子上，雙手無力地垂在兩旁。和陳洛祁不同，李秀兒的頭向前垂下，長髮把臉遮蓋著，增添了詭異的氣氛。

「發生什麼……」梁郁笙和劉昌永從茶水間那邊走來。梁郁笙看到辦公室內的景象，立刻擋在佘栢桐前面，摟著他的頭，像是安慰受傷的動物一般。

「栢桐，不要看了，來，過去那邊坐下，我來處理。」她溫柔地對佘栢桐說。

「栢桐？來，過去那邊。」見佘栢桐沒有回應，她又再說。

「那……那是秀兒嗎？」佘栢桐的聲音在顫抖。

「不要想，我來處理。」

「啊——！那是秀兒——！不要——啊啊啊啊啊！」回過神來、終於搞清楚狀況的佘栢桐，內心的悲傷和恐懼像是潰堤一樣，那是意識到自己已經永遠失去了李秀兒的恐懼。而昨晚，他們才放下了三年前的事，再一起穿越時空啊！他帶她到倫敦，他們一起看了《悲慘世界》，他帶她去表演過的小劇場……

劉昌永用力地捉著佘栢桐的肩，半拖半拉地帶著他到西南角那開放式辦公間坐下

(我們做了!)

來。幾分鐘後梁郁笙從辦公室出來走到佘栢桐身邊蹲下。

「栢桐，你們昨晚不是一起在那邊休息的嗎？為什麼她會在那裡？」

「我不知道……昨晚……我睡得很沉。剛才起來時不見了她……」

「昨晚我們經過他們時，他們都是睡得很熟不是嗎？我們還特意放輕腳步免得吵醒他們。」劉昌永對梁郁笙說。

「你們經過？」

「嗯，大概是……半夜兩點多的時候吧。」劉昌永繼續說。「接待處那邊人太多了，葉鴻又打鼾，我和郁笙都被吵醒，所以我們搬到茶水間。」

所以李秀兒是在兩點過後才去辦公室那邊的。佘栢桐想。可是她為什麼要去那邊呢？

「秀兒……她……死了嗎？」佘栢桐哽咽。

梁郁笙點點頭。「栢桐，告訴我，你知不知道秀兒有沒有吸毒的習慣？」

「什麼？吸毒？」佘栢桐呆呆看著梁郁笙。「妳是想說，秀兒是用藥過量致死？」

「屍體……她旁邊的地上，有注射器。暫時來看，都符合注射了過量藥物的徵狀。」

佘栢桐好想說，李秀兒不是會吸毒的人。可是這幾年下來，李秀兒對他來說其實已經儼如陌生人，而他也很清楚，現在的自己，對李秀兒來說，其實也是陌生人。

「這是她的包包。」梁郁笙把李秀兒隨身帶著的包包遞給佘栢桐。「你來看看。」

畢竟是醫生，梁郁笙把佘栢桐當成李秀兒的家屬，讓他先去看李秀兒的物品。佘栢桐打開李秀兒的包包，和一般女生的包包一樣，有錢包、零錢包、化妝袋……

化妝袋中有護脣膏、口紅、粉餅和吸油面紙。看到那支深粉紅色的口紅，佘栢桐終於掉下了眼淚。

然後，佘栢桐默默地掏出一個小小塑膠袋，裡面有一些白色粉末。

「可能是海洛英或是古柯鹼。」梁郁笙接過那塑膠袋。

「是海洛英……吧。」佘栢桐有氣無力地道。「古柯鹼不用注射器……」

「那是什麼？」劉昌永指著包包中的內袋，內袋的拉鍊拉上了，但是看得出裡面鼓鼓的，應該是放了什麼東西。拉開拉鍊時，佘栢桐心頭一震。

裡面放著一條摺疊整齊的領帶——酒紅色的絲質領帶。

佘栢桐認得，那是楊安顏的領帶。他抬頭望向梁郁笙，她的臉色非常難看。她當然不知道那是楊安顏的領帶，但是她卻應該想到，那是勒死陳洛祁的東西，親自檢驗陳洛祁屍體的她，一看就會看出那領帶的闊度和兇器吻合。

「是……秀兒？」梁郁笙開口。「她是殺死陳洛祁的兇手？」

佘栢桐沒有作聲，現在佔據著他腦海的，是楊安顏的領帶為什麼會在秀兒的包包裡？為什麼她會突然吸毒？這兩天他一直和李秀兒在一起，可是他完全不覺得李秀兒有任何吸毒的習慣，而星期五整晚李秀兒和梁郁笙在一起，如果李秀兒是有毒癮的人，身為醫生的梁郁笙不可能沒有察覺。

「發生什麼事？」突然在他們身後的，是王頌勝。和他一起的，還有葉鴻、曾家偉和周明輝。

 (我們做3!)

「為什麼你們從那邊來？」劉昌永看了一眼他們來的方向。他們是從茶水間那邊走來的，而不是從接待處經過南側的門過來。

「嗯，南側的門關上了。」王頌勝搔搔頭。「所以我和葉總只好敲北側的門讓他們開門。」他沒有叫周明輝和曾家偉的名字，只是指一指他們。

「啊，一定是我們昨晚換位置時忘了卡著門。」梁郁笙想起來。

「嗚哇！那是什麼？」葉鴻晃到李秀兒的屍體所在的辦公室門外，看到李秀兒的屍體時，嚇得向後跳了起來。

「究竟……發生了什麼事？這……不是李小姐嗎？」王頌勝不敢正視李秀兒的屍體，只是目光斜斜地在偷看。

梁郁笙簡單向他們解釋了情況後，所有人都到了茶水間，可是沒有人說話。

「所以……她是殺死那個陳洛祁的兇手？」王頌勝問，「她」當然是指李秀兒。

「還不能斷言。」梁郁笙點頭。「但她包包裡的領帶，和陳洛祁頸上的勒痕吻合。」

「會不會是栽贓嫁禍？」曾家偉提出。「為什麼她會帶著男用的領帶？」

「我不知道為什麼她會帶著領帶。」一直很少話的劉昌永插口，大概他護女友心切。

「如果……李秀兒注射毒品的時候給陳洛祁撞見。陳洛祁以此為把柄威脅她，為了免除後患，她殺了陳洛祁後，這次她比上次小心，她等所有人熟睡後一個人來這裡，可是一不小心給自己注射了過多的劑量……」

「這推理很合理……」梁郁笙點頭。「我檢查過秀兒的屍體，沒有任何傷痕。如果兇手另有其人，強逼給她注射的話，她一定會掙扎而留下傷痕。」

「啊！」佘栢桐像是想起什麼。「會不會是安眠藥？我也覺得奇怪，昨晚突然很睏，整晚也睡得很熟。會不會是兇手給我們下了安眠藥，然後趁秀兒睡著的時候給她注射毒品？」

「說起來……我也覺得昨晚突然很想睡，還以為只是太累而已……」周明輝說著。

「等等！栢桐你這樣說，不就是認為兇手是我們其中一人？」葉鴻的語氣有點不客氣。「現在停電沒有電梯，先不說這裡是頂樓，一般人走樓梯上來也有點勉強，還有你不記得樓梯被一道上鎖的門擋著嗎？根本沒有外人可以進來。」

佘栢桐、周明輝和曾家偉頓了一頓，因為客戶們還不知道，他們認為楊安顏藏身在這棟大樓的事。佘栢桐他們所說的「另有其人」，其實是指楊安顏。

「聽起來可行，但是有一個最大的漏洞。」劉昌永立刻反駁。「我們之所以被困在這裡，完全是因為剛巧停電。假設真的如你所說，兇手是另有其人的話，那他就是剛巧身上帶著毒品、注射器和安眠藥。」

「安眠藥……注射器……」曾家偉好像想到什麼。「昨晚我們吃晚餐的時候，我們不是喝了鋁箔包果汁嗎？」

佘栢桐回想，當時大夥一起到茶水間，分配了能量棒，而因為桌上放著一箱紙包果汁，所以也就拿來喝，曾家偉還是第一個拿的。

「現在想起，之前果汁不是在冰箱裡的嗎？所以是有人故意拿出來的。」曾家偉繼續說。「大家想想，那是十包裝的果汁，除了紙盒底盤外，外面只是用塑膠包裝紙包著。如果……李秀兒預先用注射器，在鋁箔包果汁中注射了安眠藥，待我們睡著後，她就可以毫無後顧之憂地去吸毒……」

「所以你認為，她在果汁中下藥，讓我們熟睡，以致不會撞見她注射毒品的過程。」周明輝說，曾家偉用力地點頭。

「可是，」劉昌永說。「她自己也有喝果汁吧，我記得。」

「這是心理陷阱。」曾家偉說。「那種包裝，一般人都會從最外面的開始拿。只要在中間其中一盒沒有下藥，她確保自己拿那一盒就可以了。所以她是故意不當第一個拿的。」

聽起來也很有道理，佘栢桐不禁也認同曾家偉的推理。只是情感上，他不能接受李秀兒是個癮君子。

「不可能……」佘栢桐在喃喃自語。

「李小姐不可能是被殺，除非……是你殺的。」劉昌永站到佘栢桐的面前。

「喂，你……」梁郁笙走上前抗議，被劉昌永阻止。

「大家剛才也聽到了，我和郁笙在大約半夜兩點離開接待處去茶水間，那時我們利用南側的玻璃門，可是郁笙大意，忘記把門卡著，所以玻璃門關上後，便變成只能從裡面打開的狀態，也就是說，兩點以後王總和葉總並不可能通過南側的門進入辦公室。而那個時候，李小姐還是好端端的。之後我和郁笙便一直待在茶水間，由於沒有喝下果汁，我們都沒有睡得很熟。」

「啊！」周明輝想到什麼似地叫了出來。「所以如果要到李秀兒那裡，只能用北側的門，那就必定要經過茶水間。」

「可是我們整夜也沒有見到有人經過。」劉昌永點點頭。「所以，如果栢桐你堅持李小姐是被殺的話，那兇手只能是你了。」

佘栢桐語塞。的確，從在場的人來看，除了他以外，沒有人能有機會去殺李秀兒，否則一定要經過茶水間。

剛才眾人也去逃生樓梯確認過，鐵門還是被牢牢鎖著。

「還有，陳洛祁死前，你也是最後見到他的人。」

——劉昌永說得對。佘栢桐也覺得，換他是劉昌永也會這樣想。

但是劉昌永的推理有一個盲點。

他不知道楊安顏也在這大樓裡。

「即使只剩下一點點的時間，我也要讓我的生命發光發熱！」

是楊安顏殺了秀嵐，那個本來在舞臺上發光發熱的秀嵐。

「一只讓人想不顧一切吻下去的嘴唇，可以比女人身體任何一個部位都要性感。」

因為楊安顏，現在的秀嵐，只剩下蒼白的嘴唇。

「可惡！」佘栢桐突然跳起，然後拿起原本坐著的椅子，一舉丟向天花板。

「栢桐！」梁郁笙想阻止他，但被劉昌永攔著。他大概看到佘栢桐此刻已經失去了

(我們做了!)

理智。

「呀——！」椅子打爛天花板掉下來後，佘栢桐再拿起它砸向另一塊完好的天花板。

「出來！」就這樣，一次又一次地，他把整條走道上的天花板都砸爛。

18

「天生我才必有用」，但要知道把才能運用在哪裡，才能有用。

——楊安顏《我要做金融精英》

「楊安顏……不可能殺死秀兒。」筋疲力竭的佘栢桐，有氣無力地吐出這句。

看著佘栢桐像發了瘋似地把整層的天花板都砸爛，然後筋疲力竭地跌坐在茶水間的地板上後，劉昌永他們便回到接待處，佘栢桐等人就留在茶水間。待劉昌永他們離開後，佘栢桐才開口說話。過去半個小時的行徑，其他人都以為，佘栢桐是因為受不了李秀兒過世的打擊，才會發狂般發洩，可是現在出奇地冷靜的他，彷彿變了個人似的，不禁讓人懷疑他剛才的舉動。

「這大樓沒有地方給楊安顏躲起來的。」他繼續說。「在這樓層，唯一能藏身的，只能是天花板了。和一般辦公大樓一樣，每層都安裝著假天花板，在假天花板和真天花板中間的，是通風系統和電線等等，理論上可以讓人藏身。可是剛才我都把它們打爛了，如果有人藏在那裡的話，不可能沒被我們發現。」

「所以你也同意李秀兒並不是被殺的？」曾家偉問。

「不想同意……但客觀來看這是唯一的可能。」佘栢桐把頭埋在手掌裡。「可是如此一來，我們之前的推理就有點說不通……」

如果陳洛祁是楊安顏的同黨，為什麼李秀兒要殺死他？這也是佘栢桐想不通的地方。

「會不會……」周明輝想著。「李秀兒也被楊安顏收買了？」

「可是……」佘栢桐開口。「假設我們之前的推理是對的，楊安顏要藉由陷害你們，實行這個計畫，那只要陳洛祁一個就夠了，為什麼也要收買李秀兒？如果要收買兩個人，那另一個人的作用，就是要證實楊安顏已經斷氣，可是……當時，根本就是陳洛祁去查看楊安顏是不是斷了氣的。為什麼秀兒要這樣展示陳洛祁的屍體？如果這樓層沒有給楊安顏安全藏身的地方，那表示，當我和秀兒發現楊安顏的『屍體』不見了之後，楊安顏其實已經從逃生樓梯離開了，而做為內應的陳洛祁，就把門上鎖。到這裡我覺得都說得通，可是我還是不明白，為什麼秀兒要殺陳洛祁？」

「如果……」曾家偉托著下巴。「如果從一開始，只有李秀兒是楊安顏的內應呢？」

「你的意思是，」佘栢桐站起來。「楊安顏和秀兒合作演那場戲。」

「之後楊安顏躲在下面的樓層，李秀兒可能暗地裡給楊安顏送食物還是什麼的，可是給陳洛祁撞見，楊安顏殺死了陳洛祁，並把他的屍體藏在樓下。」

「那為什麼之後要展示屍體？」

「可能他想了想，決定要嚇我們，所以把寫有『背叛者——死』的字條放在他身上，再運到那間辦公室。」佘栢桐說著。「李秀兒，她被楊安顏利用毒品控制……」

他站起來，嘴裡還是在喃喃自語，周明輝想走近他，但他舉起了手示意其他人不要跟著他。

是什麼原因，讓秀兒殺了陳洛祁後，還要這樣展示他的屍體——這個問題不斷地在佘栢桐的腦中打轉。

佘栢桐一個人坐在李秀兒第一晚待的辦公室裡，他彷彿仍可以感受到她的氣味。

應該一早把一切告訴她，他想著。

應該早告訴她，第一次遇見她那天，他看到她發出的光芒。

應該早告訴她，那一天，他真的好想吻她。

應該早告訴她，她對記者胡謅自己險些被侵犯的事，多年後的今天，他終於理解她的苦衷……

「你還好吧？」周明輝探頭進來。雖然佘栢桐沒有回答，但他也逕自坐下來。「明天電力會恢復吧？明早警衛就會發現我們了，已經三天了……呃，都沒有怎樣和你說過話。李秀兒的事……很遺憾。」

佘栢桐沒有理會他。

「我們……會怎樣呢？」

佘栢桐終於抬頭看著周明輝。

「我想……楊安顏不會讓我回來上班吧。在星期五晚上和他爭執那一刻起，我就被

 (我們做了!)

解僱了。」周明輝苦笑。

「那……」佘栢桐的聲音有點沙啞。「就回去百老匯當演員吧。難道你以為你真的能勝任當金融精英嗎？」

一瞬，周明輝的臉僵住了。

「我……應該會回倫敦城西。」沒有理會周明輝，佘栢桐像是在自言自語。

「為什麼……你會知道？是李秀兒告訴你的？不，連李秀兒也不知道……」

佘栢桐雙腳一蹬，他坐著的有輪椅子便滑到周明輝旁邊。他伸手進周明輝襯衫口袋中，取出裡面那小小的東西。

那是比大豆大一點、看來像是接收器的東西。

「當知道停電後，我留意到你和秀兒都偷偷從耳中摘下這個收起來。」佘栢桐研究著那個豆大的接收器。「我在網路上搜尋過楊安顏的事，在他把『巴拿金融』遷來崗康市前，他曾經買下了一家開發應用程式的小公司，那是一個通訊程式，據說可以利用特別的技術，使用者可以全天候保持通話狀態，但只需要很少的數據用量。

「這應該是很有潛力的應用程式，因為它打破了數據語音通訊的限制。可是我一直在搜尋，都沒看到這家公司的後續消息。

「本來我也沒有特別在意，畢竟什麼初創企業我完全不懂。直到我在這裡碰到秀兒……她和我，算是在崗康大學戲劇社認識的，我是因為她才接觸戲劇。畢業後我和她的演藝事業沒有什麼進展。三年前，我去了倫敦，也和秀兒失去聯絡。一直到前陣子，楊安顏來倫敦找我，叫我回來，說什麼會培訓我成為金融精英。我也覺得很不可思議，因為在我認知裡，要成為金融精英，不是要大學唸專業科系又要考什麼資格的嗎？可是遇到你們後，加上這幾天我看到的，我就明白了。」

「他去城西找你……」周明輝看著眼前這個小子。「當初，他也是在紐約找我。那時……我在一個小劇場，雖然很喜愛演戲，但在紐約，只能過著差不多是過一天算一天的日子……」

「這幾天下來，我發現，我、秀兒和你，都是演員出身，而陳洛祁和曾家偉，有一個特別的能力。」

「特別的能力？」

「你記得那天你和陳洛祁在安裝緊急電話嗎？」

「是……那又怎樣？啊！」

「我以為，你和陳洛祁應該是第一次見面，可是在安裝電話時，你們兩個卻是意外地合拍，陳洛祁是第一次看那本說明書，可是卻能流利地把安裝的方法說出。而你，即使沒有看說明書，也能準確地跟著指示把電話裝嵌好。還有，你記得曾家偉一看樂譜，就可以流暢地哼出上面的樂曲嗎？音樂上這種能力叫視讀，就是即使是第一次看的樂譜，也能邊看邊沒有窒礙地演奏。

「所以可以看到有兩類人，一類是巴拿金融的金融精英，而他們都是演員出身；另一類，是通過『特才』這個外包公司聘請，卻是擁有超卓視讀能力的人。

「我猜，你們並不是被培訓成金融精英，楊安顏找你們，是去演金融精英的角色；而陳洛祁和曾家偉，就是在幕後給你們資料的支援，而這接收器，和那個應用程式，就是關鍵。作用……差不多等於舞臺製作上，臺上的表演者都會戴著耳機，有什麼意外事件時後臺的人可以給臺上的人指示。」

周明輝嘆了口氣。「你說得不錯。我和李秀兒，就是楊安顏請回來的演員，只是，我們演的，是一場沒有落幕的戲，而這個接收器，就是我們的劇本。」

接著他掏出他的手機，並叫出一個程式，不過因為沒有網路，程式並不能完全啟動。佘栢桐看到那個是巴拿金融的內部程式。「這個就是你說的那個應用程式。每天起床後，一啟動這程式，就是表演的開始。我們知道，在我們每名『金融精英』背後都有『影子』。『影子』就像一直不會掛電話的客戶服務熱線員工般，透過這個程式聽著我們和客戶的對話，在需要的時候，告知我們需要的資料，讓我們在客戶面前，表現出對金融經濟瞭如指掌，無論他們有什麼問題，我們都能解答。」

「可是這只是你們工作的一部分吧？」佘栢桐說。「沒有金融知識，你們怎樣勝任其他工作？就像分析什麼什麼的。」

「我們不用。」

「誒？」

「周明輝並不是我的真名。」周明輝苦笑。「可以說是我的藝名吧，不，『周明輝』應該說是巴拿金融裡一個團隊的名字，就像A組B組那樣。這個『團隊』裡，有對外露面的我，負責通傳資訊的陳洛祁，還有在背後，負責分析、寫報告等等各種工作的負責人。李秀兒也是一樣，曾家偉就是她的『影子』。」

「團隊？」佘栢桐有點驚訝，可是他像是想到什麼。「這就是楊安顏說的，他對人才的定義，並不是社會上一般人的看法。」佘栢桐想起那晚在「捕鼠器」的楊安顏。「傳統的金融精英，除了知識上非常優秀，性格還很外向，能夠和客戶建立很好的關係。可是能擁有所有優點的精英是少數，而要聘請到這樣的人才，薪水和獎金都非常高。楊安顏不願意付那個金額，反之，他把『金融精英』的特質分拆，針對每種特質，以低廉的薪水聘請適合的人才。」

那不是像快餐店和工廠一樣嗎？把金融作業變成一條生產線。不過佘栢桐在周明輝面前沒有說出口。

「沒錯，我的薪水，根本不是外面想像一個『金融精英』的薪水，雖然比我在紐約當個小演員的時候好很多。楊安顏很清楚，我和李秀兒並不是真正的金融精英，所以除了忠心幫他打工外，我們並沒有其他出路。還有我們是故意要取普通的名字，平日也不要太招搖，讓客戶不會有太深刻的印象，好讓將來由別的團隊取代。」

「可是……如果你薪水不高的話……這身衣服，也價值不菲吧？」佘栢桐輕輕摸摸周明輝的上衣。

「哈，這些……都是公司的。」周明輝整理一下衣領。「我們的衣服、公事包、鋼筆那些東西，都是公司借給我們用的，就像戲服一樣。」

佘栢桐想起那天晚上在女洗手間找到的口紅。李秀兒還用著大學時用的口紅品牌，不是因為她懷念大學時代，也許是她從楊安顏那裡拿到的薪水，根本不容許她花太多錢在化妝品這些消耗品上。

「那『影子』呢？」佘栢桐只想到陳洛祁，沒想到背後的團隊比他想像的大得多。

他換了個坐姿，把手插進牛仔褲的口袋。

「如你所說，陳洛祁和曾家偉，是負責通訊，和我們的情況一樣，在楊安顏底下工作，雖然並不是賺大錢，但薪水還算不錯。再後面的分析員也是一樣，他們大都是很聰明的人，但因為性格不適合在金融界的工作，畢竟除了面對客戶，和其他人保持聯絡也是傳統上必要的；還有就是在金融機構人工智能化後被裁員出來的人，楊安顏就以低薪招攬了這些人，在幕後主力利用人工智能分析數據和資料，平時讓通訊員把資料交給我們。不過楊安顏算得很精，他害怕我們和個別做為『影子』的通訊員有太多交集，而建立起較密切的關係，不但公司有指引不准我們私下和『影子』有交流，還特別處理過『影子』的聲音，方便更替背後的工作人員。其實我們也不會這樣做，因為我們也不想被人碰到我們和『影子』有交集，免得被發現我們不是真正的金融精英。」

「『天生我才必有用』，但要知道把才能運用在哪裡，才能有用。」在楊安顏的書《我要做金融精英》裡，有這樣的一句。他指的就是他怎樣利用這些人的優點。

「原來如此，」佘栢桐說。「因為背後有那麼多人，所以陳洛祁在那些分析中發現可以利用楊安顏和劉昌永的合作勒索楊安顏，於是約了你們……」

「唔……」周明輝側側頭，露出猶豫的樣子。「問題是，陳洛祁他是怎麼拿到資料的？」

「為什麼？他雖然負責通訊，但還是能拿到內部資料吧。」

「嗯。因為會接觸到客戶的保密資料，還有要顧及內線交易條例等等，所以我們公司都會很小心地給我們分配負責的客戶。我們也不能拿到不是負責客戶的資料，而楊安顏本人的客戶都是VIP，我們更沒可能拿到任何資料。」

「等等……」佘栢桐感到自己的心跳越來越快，他想要按著胸口希望它能冷靜下來。那時候……如果……秀兒就是因為那個原因而被殺……

「喂！」佘栢桐猛地站起來。「告訴我，你們『周明輝』團隊，有什麼權限？」

「權限？」

「嗯，例如客戶的資金調動之類。」

「呃……以葉鴻這個客戶為例，因為畢竟我們也有替他管理資產，所以有權調動他的投資組合……啊，還有在『周明輝』名下的資產，因為我們除了管理外，也有參與投資活動，為了方便運作在巴拿金融以外有成立一些關係企業，裡面的資產我們團隊也可以調動。」

「所有人都有那個權限？陳洛祁也可以？」

「嗯，因為是以『周明輝』的名義，只要是團隊的誰都可以，當然我們內部會知道是誰，但對客戶來說只是『周明輝』。不過我不懂這些，一般都是後面支緩團隊把分析

 (我們做了!)

結果送來，有時他們甚至繞過我去執行，預備好的『臺詞』就會交給通訊員。」

之後周明輝好像還在吐槽楊安顏是怎樣壓榨他們這些員工，但礙於自己太沉醉演金融精英這個角色，才會甘願被剝削。

可是佘栢桐都沒有聽進去，他的腦海中，不斷閃過這兩天發生的事，這些片段，就好像拼圖一樣，漸漸拼出一幅圖畫。

所以要把楊安顏的屍體藏起來。

陳洛祁一定是發現某個秘密所以被殺的。

本來兇手可以也把陳洛祁的屍體藏起來，但因為「那個原因」，所以兇手不得不讓人發現陳洛祁的屍體。

而秀兒，也是因為發現了那個秘密而被殺。

佘栢桐正要走出辦公室。「你要去哪裡？」周明輝叫住他。

「……我去找最後一塊拼圖。」

19

人的身體，特別是生理時鐘，很容易欺騙。所以，與其訓練意志去應付長時間的工作，不如欺騙身體，讓身體以為還有很多精力去工作來得容易。

——楊安顏《我要做金融精英》

「你找我來有什麼事？」劉昌永現身在辦公室，佘栢桐已在那裡等著。

為了要不引起注意地約劉昌永見面，佘栢桐一直盯著辦公室外面，待看到梁郁笙上洗手間時，把約劉昌永見面的紙條交給她。

「你見過這份文件嗎？」佘栢桐把捲起來的一疊紙遞給劉昌永。「巴拿的子公司與王頌勝和葉鴻的聯營企業，修改了企業章程，這就是相關的文件。」

和周明輝談過後，佘栢桐便走到開放式辦公間，找回之前和李秀兒一起藏起來的文件。

劉昌永沒有接過。「這和我有什麼關係？」

「這份文件讓聯營企業新增了優先A股。優先A股有四倍優先權，這四倍的優先權，在把優先股換成普通股也有效。換言之，往後購買這輪優先股的投資者，在把優先

(我們做了!)

股換成普通股時，會得到四倍的股票，也就是變相可能得到這合資企業的控制權。

「假設有人想得到王頌勝和葉鴻開發的技術，可是我們之前也聽過了，王頌勝和葉鴻除了是發明家，也是充滿夢想的人。他們可不會那麼容易就把技術賣斷給別人。為了遊樂園的計畫，王頌勝和葉鴻都把各自的技術轉移到聯營企業中，所以要得到那些技術，就要先得到聯營企業，批准將來發行有四倍優先股權的優先A股，就是第一步。

「和很多初創企業一樣，在產品完成開發前，都會需要再幾輪的集資，由於這是每一方都占三份之一的聯營企業，每一次新一輪集資三方都要投資一樣的金額，去確保自己的股權不會被分薄。可是以王頌勝和葉鴻來說，要投入更多的資金，是很困難的事。

「所以問題是，為什麼王頌勝和葉鴻會同意以這種方式聯營？難道巴拿不能以其他方法投資嗎？第二，假設楊安顏真的是打算以優先A股來奪取聯營企業的控制權，他要投資的金額必定是另外兩人怎樣也沒可能拿出來的，那楊安顏背後一定有金主。」

佘栢桐沒有繼續說下去，他只是看著劉昌永。

兩人一直四目交投了一陣，佘栢桐再拿出另一份文件——巴拿和劉昌永的公司住宅項目合作的意向書。

「你為什麼會有這份文件？」劉昌永露出少有的驚訝表情。

「有人得到這兩份文件，推測到當中的關係，並以此來勒索楊安顏。」佘栢桐再次坐下來。「在聯營企業到手以前，這個合作計畫一定要保密，否則以王頌勝和葉鴻兩人在聯營企業共有三分之二股權，足以否決發行優先股的事宜。究竟，這是什麼住宅發展計畫？為什麼楊安顏要王頌勝和葉鴻的技術？」

「我也不知道。」劉昌永以平靜的聲線，不帶半點感情地說。

「誒？」佘栢桐本來就不期待劉昌永那麼簡單就會告訴自己，但他以為至少劉昌永會說什麼商業機密云云。

「小子你是一個聰明人，單憑這些文件就想到這些，難怪阿楊會想招攬你。既然是阿楊的人，而我也不會認為你會笨到把事情公開，所以我不介意告訴你——如果我知道的話。」

「可是你連意向書都簽了。」

「就是因為不知道阿楊葫蘆裡賣的是什麼藥，他一年前告訴我，巴拿可以拿下一些有趣的技術，對我的住宅大樓發展會有很大突破，由於巴拿還沒完成交易，我為了能有優先參與權，便和巴拿簽下意向書。」

「所以楊安顏沒有告訴你是什麼技術？」

「沒有。可是……」劉昌永側側頭。「他邀請我來這幢大樓的開幕禮，那時他說這大樓就是概念的原型。」

「這裡？」

「嗯。可是他沒有詳細說明，只說到時候我就會知道。我就是很好奇，究竟阿楊這次又在施什麼魔法。所以星期五晚和郁笙吃飯後便順路來了這裡，剛巧碰到王總和葉總。」

 (我們做3!)

劉昌永是住宅發展商，在崗康市這種高速發展的城市，地產價格一直向上漲，已有不少財團有意加入分一杯羹。而且新一代成長在小康甚至是頗富裕的家庭，對住宅設施的要求也越來越高。

可是住宅建築和王頌勝和葉鴻的技術又有什麼關係？難道要在住宅區建一個遊樂園嗎？

在佘栢桐不知不覺地陷入苦思時，王頌勝探頭進來，劉昌永趕緊把文件收好。

「原來你們在這裡，我發現了件不得了的事！」王頌勝的眼角有點下垂，前額、鼻尖和臉頰都泛著油光。他走到辦公室的窗邊，像是在找什麼似地檢查著玻璃。「有了！」他興奮地揮手叫劉昌永和佘栢桐過去。

順著王頌勝指著的地方，佘栢桐發現玻璃的角落印著個標誌。

「那是我公司發的認證，表示這玻璃支援我公司的投影技術。」

看到佘栢桐一臉不解，王頌勝有點著急。「我不是說過我的公司做的是3D投影技術嗎？等於3D電視那樣，只是不用戴眼鏡。甚至在玻璃上也可以做到那個效果，但是那需要特別的玻璃，我們把技術授權給生產商，那些玻璃都會有這個認證。」

「所以，」劉昌永開口。「這個辦公室的玻璃都是可以用合理成本來做3D投影。」

「不只這個辦公室，整層樓的玻璃窗都是。我就納悶怎麼外面一直都這麼黑，直到剛才走近才看到。因為目前的技術，還不能造成全透明玻璃。」

「所以楊安顏是想把這個辦公大樓打造成在哪裡都能做投影片做簡報的地方？」佘

栢桐不明白，為什麼金融公司要搞得像矽谷的高科技公司一樣？

「我本來也這麼想，可是後來看到這個。」王頌勝舉起手中的書，那正是楊安顏的《我要做金融精英》。「這裡有一句……」

「『人的身體，特別是生理時鐘，很容易欺騙。所以，與其訓練意志去應付長時間的工作，不如欺騙身體，讓身體以爲還有很多精力去工作來得容易。』」

「欺騙身體和生理時鐘……」佘栢桐看著灰黑的玻璃窗。「啊！我明白了！在玻璃窗投影的，是白天的景象！」

「沒錯。」王頌勝說。「楊總之前對我和葉總說過，為了讓我們的技術打響名堂，將會有個特別企畫，沒想到原來是在這裡。李小姐以前不論早晚，都很快能回覆我的電郵。要勝任這樣的工作，真的要非一般的體力。有時候我半夜在辦公室，看到窗外夜闌人靜的景象，但自己卻還在工作，真的會很憂鬱，身體也不自覺地懶散下來。哈哈，如果窗外的景色總是白天的話，或是下雨天時也能看到外面是大晴天的話，應該會更有幹勁。」

佘栢桐暗想，說不定那些電郵是「李秀兒團隊」寄的，所以根本和體力無關。

「的確，」劉昌永點頭。「外國有研究過，包括日光的外在環境對工作情緒的影響，所以冬夏日照時間差別大的國家，會有夏令和冬令時間。」

「嗯。」佘栢桐記得，在倫敦和聖荷西時，每年都有兩次要調整時間，不過他多是用手機的時鐘，那是電訊公司的系統時間，所以會自動調節夏令和冬令時間，都不用他煩心。

不過……用王頌勝研發的技術，只是為了員工的效率？

而且那重要嗎？李秀兒他們只是「演」金融精英的角色的演員，即使辦公室窗外整天都是白天又如何？他們只是照著「劇本」去唸臺詞而已。

那葉鴻呢？他研發的機械技術又運用在哪裡了？而這裡是商業大廈，和劉昌永的住宅發展計畫又有什麼關係？住宅沒理由要永遠映著白天的景色啊。

陷入沉思的佘栢桐，連劉昌永和王頌勝已離開房間也不在意。他一直想，直到感到喉嚨乾涸，他才想起自己從今早起便沒喝過半點水。

茶水間少有地沒半個人，他打開了冰箱看了一眼。

「嘖，沒有汽水呢……」他關上冰箱的門，另一隻手不經意地插進牛仔褲袋。

他突然很想喝汽水，很想有那種清涼的快感。從前在快餐店打工時也是，每當是對著炸鍋的班，就一定喝很多汽水，讓身體從內涼快一下。不過後來到了倫敦，認識了布絲妮後，就很少喝汽水。她的家只有汽泡水。

想到這裡，佘栢桐呆住了，手還在冰箱的把手上。

他緩緩把另一隻手從牛仔褲袋伸出，手裡握著的，是一顆紅色的鈕釦。那是從陳洛祁屍體的口袋裡找到的。

陳洛祁被殺，是發現了和這鈕釦有關的秘密。佘栢桐確認過，這不是從任何一人的上衣掉下的鈕釦。

鈕釦……

快餐店的打工……

布絲妮的家……

玻璃窗投影技術……

遊樂園的定點機動遊戲……

佘栢桐彷彿看到一條線，把這些都連接起來。他馬上拔腿，向北側的走廊跑去。

「為什麼你會在這裡？」佘栢桐打開逃生門出來時，剛好碰到要上洗手間的梁郁笙。

「這個……」

「先不說那個。我一定要告訴你一件事，只有昌永和你知道……」梁郁笙湊近佘栢桐，讓他看她手中的東西。

20

現今社會，資訊唾手可得，讓人忽略了它的價值。可是哪怕只是一分鐘，越早掌握資訊，越能占有先機，那甚至可能是生死存亡的分別。

——楊安顏《我要做金融精英》

在只有微弱光線的環境下，佘栢桐全身繃緊，不敢有任何動作，生怕會發出聲響，讓整個計畫功虧一簣。他屏息在等著。雖然他不能確定兇手會不會上當，但他也只能賭一把。

*

「對了，梁醫生，」剛才和梁郁笙一起回到接待處後，佘栢桐提出問題。「妳把秀兒的包包交給我的時候，有沒有看過裡面？」

「什麼意思？」梁郁笙配合著演，這都是佘栢桐教她的。

「因為……」佘栢桐轉著眼睛，此刻他完全代入了一個單純的鄰家男孩的角色。

(我們做了!)

「我看她的包包時，看到裡面有奇怪的東西……不像是秀兒的。所以我想會不會是梁小姐妳不小心把自己的東西掉了進去。」

為了秀兒，我要拿出最完美的演繹——他對自己說。

劉昌永應該覺得不尋常，但梁郁笙一直握著他的手。

這兩個人真有默契，佘栢桐不禁想。難怪有人說，男人身邊的女人，最能暴露他是一個怎樣的人。

「沒有耶，我沒有打開過包包，就直接交給你了。」

「唔……那可能是她在陳洛祁身上拿的。」

「你說奇怪的東西，那是什麼？」

「啊，那沒關係，可能也不是什麼重要的東西，待警察來時我再交代好了。」

佘栢桐裝累把臉埋在雙膝之間，他瞄到「那個人」的表情沒有什麼變化，是極力阻止自己露出任何可疑的表情嗎？還是自己的誘餌裡有什麼破綻被他看穿了？佘栢桐對這沒有十足把握，但他希望會成功，因為他相信，如果他真的是殺了李秀兒的兇手，總不可能沒有任何動搖。

*

他屏住呼吸，靜靜地在暗角觀察著這人的一舉一動。

那個人走到其中一張辦公桌旁邊蹲下來。有個東西在那裡，佘栢桐看不清楚，但他知道現在還不能現身，要確定那是「那個東西」，才能把他逮個正著。

那個人掀開什麼，聽聲音應該是防水布之類的東西。然後那人把防水布下面的東西，從桌子底下拉出來。

佘栢桐確定自己的猜測沒有錯，他知道，現在是現身的時機了。

可是……

這個時候，佘栢桐的雙腿竟然不聽使喚！他感到自己的腿在抖，不，也許一開始已經在抖，只是自己不知道。

「你在那裡做什麼！」突然一個身影從另一張辦公桌後面跳出來，英姿颯颯地在質問那個人。

跳出來的身影是王頌勝。「喂！我在問你！在這種秘密的地方鬼鬼祟祟做什麼！」說著他亮起手機的手電筒功能，一步一步逼近那人。

被王頌勝手機的燈光突如其來地照著，曾家偉反射地用雙手擋著眼前的強光。

「原來是你……」王頌勝把燈光照向地上被曾家偉拖出來的東西。「哇！這是……這是……楊總?!還有……還有這是誰？」

防水布下面，除了楊安顏，還有另一具屍體。那個陌生的男子身上，穿著一件紅色外套，而他的頸上，有一道明顯的橫紋瘀痕。

黑暗的樓層裡，他和楊安顏臉無血色但被照得光亮的臉，正面對著王頌勝，一副瞪

 (我們做了!)

著他的樣子。

「媽的，這究竟是怎麼回事？」王頌勝把燈照向其他辦公桌。

「看來栢桐要解釋一下吧。」劉昌永和梁郁笙從其中一張桌子後面走出來，葉鴻和周明輝跟在後面，反而是佘栢桐最後一個現身。

「我就知道你是兇手。」佘栢桐走近曾家偉。「所以我故意胡謅李秀兒包包的事，看看你會不會上當。果然，你不久就藉詞離開接待處——還來到這個隱藏的樓層！」

「真的，沒想到會有這樣一個秘密樓層。」葉鴻把玩著手中的字條。那是佘栢桐暗中交給除了曾家偉以外的每一個人。上面寫著：「樓梯平臺有暗門」。

樓梯的牆是立體木欄的設計，當時大家都不以為意，而且當時所有人的注意力都在那道上了鎖、堵住逃生樓梯的鐵門。可是原來在樓梯平臺的牆上有一道門，不過因為立體木欄的設計，把門縫掩飾起來。那道門的高度比成年人還要矮一點，穿過時要稍微彎腰，通過那門走下幾級樓梯後，竟然有一個和上面一樣大的空間。所以，樓層和樓層中間，還隱藏了一個樓層！不過這個樓層，不像上面的辦公室有房間，只是放滿了辦公桌。

電話客服中心，這是佘栢桐第一次來到這樓層時的感覺。

「你們何時來的，之前我都不見有人……」曾家偉還想說什麼，可是他意識到再說下去會說漏了嘴。

「你是想說你剛才去翻李秀兒的包包時，沒有見到有人利用逃生樓梯嗎？」佘栢桐說著。「就是用和你一樣的把戲啊。」

「我不知道你在說什麼。」曾家偉別過臉去。

「哈，你一直在想殺人的事，一定沒有留意吧？」佘栢桐掏出手機，叫出了一個影片。

影片是在樓上其中一個辦公室拍的，那是李秀兒屍體所在的辦公室。從拍攝角度來看，應該是被隱藏起來的鏡頭。

沒多久，有個人影出現在辦公室裡，進入辦公室的一刻，他還回頭看一看外面，確定沒有人。那個人沒有理會眼前的屍體，而是直走到她的包包那邊。

他翻著包包內的東西，那個人拿著紙巾，小心地避免留下指紋，而且他也在避免發出聲響，所以動作很慢。

不一會，他好像找到要找的東西，他把什麼放進口袋。然後轉身離開。

看著那個影片，曾家偉臉都僵了。「這……這根本看不清楚是誰。」

「影片是看不清楚是誰。」劉昌永加入。「可是這是剛才我們所有人一起看的，只有你不在場。那你說那會是誰？」

「所有人……一起看？」

「嗯。在你擔心被揭穿是殺人犯時，手機的訊號已經恢復了。在地下室被水淹沒的後備發電機房，已經修復好，而且幸好系統的設定是先供電給訊號加速器。我們發現後，立刻叫大樓管理處不要亮燈，但我們已經可以對外通訊。」佘栢桐用手機開了一個

 (我們做了!)

影片網址，影片裡映著李秀兒屍體的辦公室。「明白了吧？剛才你的一舉一動，除了被拍下外，還即時上傳到這個網站轉播！我們就是在接待處看著你翻秀兒的包包，等了一會還不見你回來，就利用北側的樓梯下來了。」

「啊！我明白了！」周明輝像想到什麼。「栢桐你說相同的把戲，就是他利用了這個樓層，那他就可以不經過那邊的走道，而使陳洛祁的屍體出現。還有就是人在北側，但也能去南側殺李秀兒。」

「是的。由於南側和北側的逃生樓梯的樓梯平臺，都有通到這隱藏樓層的門。知道這個機關的曾家偉，等於擁有了一條專屬的秘密通道。」佘栢桐邊說邊指著樓層的空間。他發現這個秘密後，就是利用北側的樓梯，通過這隱藏樓層，再從南側的樓梯回去，才會碰到要去位於南側洗手間的梁郁笙。「兩晚前，曾家偉你就是利用南側樓梯來到這裡，再從北側的樓梯出來，這樣就可以避開李秀兒的監視，到達我們放楊安顏屍體的西北角會議室。」

「喂，栢桐……」周明輝看了看客戶們。

「嗯，難怪阿楊失約，原來他一早已經遇害了。」劉昌永竟然一點也沒有覺得意外，佘栢桐想，這幾天他一定是一直懷疑著自己和李秀兒他們。

「事到如今也不怕說了。」佘栢桐嘆氣。「在你們來之前，我們在上面，和楊安顏發生爭執，混亂間有人用刀刺了楊安顏。本來我們是想裝成強盜殺人，可是你們突然出現，讓我們不得不把屍體藏到會議室的矮櫃裡。可是半夜的時候，我和秀兒發現屍體不見了。」
「曾家偉當時在東南角的開放式工作間，他從南側的樓梯走下來，直跑到北側，再把阿楊的屍體拖來這裡，由於沒有人知道這個地方，你應該是隨便丟在門邊吧，然後再跑回南側……快的話五分鐘就可以完成，裝成去洗手間的話時間上綽綽有餘。」劉昌永點著頭分析著。
「發現楊安顏的屍體不見了之後，我們重新分配了留守的地方……我記得還是曾家偉你分配的。陳洛祁被派到茶水間，而你把自己派到北側、正對著樓梯的辦公室。之後我看到陳洛祁上洗手間，但其實……他是去調查。」
「調查？」周明輝不解。
「他發現了，他想到大樓可能有機關。他提過對早前楊安顏突然出現的疑問，所以想去證實一下。當時他只是裝作去洗手間，其實是去了南側的樓梯，在那裡他發現了通到這裡的門，並走到北側。所以當時我並沒有看到他回去茶水間。當他來到了這裡，很快便發現楊安顏的屍體，不，也許是看到曾家偉在把屍體藏好，總之他就是被曾家偉看見了。不幸地，為了保住這個秘密，曾家偉利用楊安顏的領帶勒死了陳洛祁。殺死了陳洛祁後，曾家偉把屍體留在這裡。若無其事地回去。」
「那……」王頌勝搔著頭。「為什麼他要讓陳洛祁的屍體出現呢？藏在這裡就好了嘛。」
「因為曾家偉要讓我們知道陳洛祁死了的事實，這牽扯到曾家偉整個殺人動機。總之，為了抖出陳洛祁的屍體，曾家偉又裝去洗手間……」

「碰到我們的時候。」梁郁笙想起來。

「對。趁沒有人看見，他利用南側的樓梯，把陳洛祁運到北側的辦公室，並把一張寫有『背叛者──死』的字條放進陳洛祁的口袋。然後利用南側的樓梯出來，若無其事地回到茶水間……之後……之後殺秀兒也是。他知道秀兒發現了他的秘密，所以決定也殺了她。」佘栢桐的聲音有點哽咽。「可是這次有點不同，我總是膩在秀兒身邊，並不容易進行殺人計畫。所以他趁其他人看不見，用注射器把安眠藥注射進飲料當中，當我們都睡著後，他重施故技，利用隱藏樓層，從北側來到南側，然後把秀兒從開放式工作間運到辦公室，再給她注射過量毒品，又布局做成她是殺陳洛祁的兇手，之後卻自己吸毒至死的假象。這讓劉先生做了秀兒為了掩飾她吸毒的事，而殺死陳洛祁的推理。而知道『楊安顏命案』的我們，則認為一切是楊安顏的計畫。我們推論是他和秀兒安排好，要在客戶來這大樓的時候，給他們看見巴拿員工刺傷自己的一幕，可是時間配合得不好，我們以為刺死了楊安顏，之後秀兒安排他藏到樓下，可是卻給陳洛祁知道，於是楊安顏殺了陳洛祁，並用字條警告我們──這就是我們的推理。」

「所以他是要李秀兒當替死鬼。」劉昌永看了一眼曾家偉。「可是我不明白，既然有這個隱藏樓層藏屍體，為什麼要冒險讓陳洛祁的屍體出現？而既然也布局李秀兒是殺陳洛祁的兇手，那為什麼不把楊安顏的帳也算在她頭上？以情況來看，可以撇去自己的嫌疑的話，周先生也不會太深究了吧。」

「呃……的確……」周明輝的眼神有點閃縮。「那樣我就不用擔心被懷疑是殺楊安顏的兇手。」

「喂！等一下！」曾家偉舉高手。「你們這是啥啊！這樣你一言我一語地說著，說得好像我是兇手一樣！」

還要再狡辯嗎？佘栢桐瞪著曾家偉。他很想就這樣走過去一拳揍在他臉上，可是那樣不能讓他認罪。

「可是……」周明輝說。「可是你知道這個隱藏樓層耶。」

「哼，我不知道你在講什麼。」曾家偉撥一撥頭髮。「我也只是偶然經過，心血來潮推了一下樓梯平臺的牆壁，就是那樣發現竟然有道暗門而已，為什麼不可以是李秀兒做的？」

的確，翻李秀兒的包包、找到這個隱藏樓層，都不能成為曾家偉殺死陳洛祁和李秀兒的證據。所以，只有那個東西，才能成為拆穿曾家偉謊話的證據，佘栢桐邊想邊走近曾家偉。

「那你可以把你口袋裡的東西拿出來嗎？」佘栢桐走近曾家偉。「你翻秀兒的包包時拿走的東西，就是這個。」他伸手進曾家偉的口袋，從裡面拿出一顆紅色的鈕釦。

「這不是他的外套鈕釦嗎？」劉昌永指著地上另一具無名屍體，他身上紅色的外套，缺了最下面的一顆鈕釦，正和佘栢桐手裡的一致。

「嗯，不過這本來不是秀兒的東西。」佘栢桐向其他人展示那鈕釦。「這……我是

 (我們做了!)

在陳洛祁身上找到的。發現陳洛祁的屍體、大家都離開後，我無意中在他外套的口袋摸到的。我放進秀兒的包包中，之後還故意在你面前說包包裡有奇怪的東西，就是想引你去翻。我想看看，如果你真的去翻的話，你究竟會拿走什麼東西。」

「哼，我是拿走這鈕釦，那又如何？我、我只是覺得這鈕釦挺特別的，所以拿來看看而已。」

周明輝不禁翻了一個白眼，也許他也覺得曾家偉的理由太牽強了。

「我也想到這個問題。」佘栢桐嘆了口氣。「所以除了這個鈕釦外，我還放了這個……」

那是一個錢夾，中間還夾著一些紙幣。

「哼，包包裡有錢夾有什麼奇怪啊？」曾家偉大笑著。

「錢夾一般是男士用的東西。」梁郁笙冷冷地說。「男人不像女人會帶包包放隨身物，如果把錢包帶在身上，加上手機會很累贅，所以很多男人都不會帶錢包而是用錢夾來帶錢和信用卡。在秀兒的包包中，已經有錢包，而且……」梁郁笙拿過佘栢桐手中的錢夾。「錢夾中的紙幣，是英鎊。已經帶著錢包的秀兒，在這裡生活的秀兒，包包裡竟然有夾著英鎊的錢夾，如果說到奇怪的東西，這比鈕釦更讓人生疑吧。」

王頌勝和葉鴻都不約而同地點頭，劉昌永給了梁郁笙一個眼神，像是在罵她竟然參與這樣危險的行動。

曾家偉只是瞪著佘栢桐，他把拳頭握緊，但一時之間想不到要說什麼。

「當我在陳洛祁身上發現這鈕釦時，再確定在場的人中，沒有穿著有這鈕釦的衣服，我就想到，這裡還有其他人。」

「可是……」葉鴻終於開口。「你怎知道不尋常呢？如果只看到這個，我只會覺得是陳洛祁可能要去店裡配一模一樣的鈕釦所以帶在身上而已，並不會聯想到其他。」

「陳洛祁的外套，其中一邊的口袋有個洞，這個鈕釦，就是穿過那個洞掉在外套的夾層中。我看了他另一邊的口袋，裡面放滿了單據、口香糖等雜物。可想而知，陳洛祁不用有洞那一邊的口袋。而且，我發現鈕釦時，上面還有斷線，不是很整齊剪斷那種，而是扯下來的。所以我推測，陳洛祁來到這個樓層，並發現了這具無名屍體，偶然間勾到其中一顆鈕釦，並掉到他的口袋裡。」

「那……」周明輝慢慢走近那具無名屍體。「這又是誰？」

「這就是秀兒被殺的理由……」宗栢桐皺著眉。「解釋之前，我要先講一下，巴拿金融的運作，我們看到秀兒和周明輝他們，並不是真正的金融精英，他們……只是楊安顏找來演金融精英的演員。」說著他看著周明輝。「不如你來解釋一下？」

接著周明輝給客戶們解釋著他們的運作，例如「周明輝團隊」，他們背後的「影子」等等……

「為了避免被查到，這些『影子』都是利用『特才』這外包公司聘請，但其實那也是巴拿繞過層層架構的子公司。陳洛祁就是我的『影子』，而曾家偉，就是李秀兒的『影子』。」

「這就是你們一直以為的。」佘栢桐看著曾家偉說，他看到曾家偉的臉好像抽搐了一下。

「什麼意思？」

「你和秀兒一直以為曾家偉是秀兒團隊的。其實，他真正的身分是楊安顏的『影子』。」

21

謊言和承諾，說了出口，有時就不得不用一生去守。

——楊安顏《我要做金融精英》

「曾家偉是楊安顏的影子，而秀兒的『影子』，就是他。」佘栢桐指著地上那無名屍體。「星期五晚上，曾家偉和楊安顏來到這大樓，這時他們碰見早到了的、秀兒的『影子』。在楊安顏的質問下，他嚇唬楊安顏，說有可以讓他身敗名裂的證據，楊安顏一怒之下，用他的手杖……殺死了他。

「楊安顏要在場的曾家偉收拾殘局……我不知道你有什麼把柄在楊安顏手上，在你把屍體藏起來的時候，楊安顏利用北側的樓梯走到上面，剛巧碰見秀兒他們在開放式辦公間在商量，他和他們發生爭吵。也就是陳洛祁說『楊安顏好像突然從後面出現』。

「在曾家偉你回來時，大家已經吵作一團，甚至開始動手，這時有一把瑞士軍刀掉在地上。

「你把握了這個機會，趁混亂用搶到的那把瑞士軍刀刺向楊安顏。如你所願，楊安顏死了。而且沒人能肯定是誰下的手，我們裝成有竊匪闖入，可是……」

(我們做了!)

「可是我們來了。」王頌勝說。

「嗯。所以我們想把楊安顏的死裝成強盜殺人事件就行不通了，唯有把屍體藏起來。不過不僅如此，還發生了另一件倒楣的事。」

「停電。」劉昌永說。「結果我們所有人被困在這大樓裡。」

「可是正因為我們把屍體藏了起來，在這段時間裡，給曾家偉想到一個詭計——把楊安顏的屍體藏在隱藏樓層，做成他還未死的假象，然後讓『影子』的自己去取代他。至少可以在屍體被發現前，以『楊安顏團隊』的權限，調動團隊的資金。

「他看準了我和秀兒在西南角那邊，如果要移動在西北角的屍體，必定要經過那裡，所以他利用隱藏樓層這條『通道』，讓我們覺得沒有人能移動屍體，加深楊安顏可能還未死的想法。而我們最初討論時，他就是第一個提出楊安顏還未死的說法。

「本來，一切也好像按他的計畫進行，可是，好死不死陳洛祁跑去調查，還給他找到了隱藏樓層。看著已經到嘴邊的肥肉又要失去，曾家偉逼不得已，只好殺了陳洛祁來滅口。

「可是問題又來了，因為陳洛祁的失蹤，我們推想陳洛祁可能是殺楊安顏的真兇，他把楊安顏的屍體藏起來後，自己也躲了起來。為了讓『楊安顏未死』這個推論繼續成立，曾家偉只好讓陳洛祁的屍體出現。當然，他也要做成在場的每一個人都沒有可能做到的情況，這至少在我們幾個當中，便覺得只有未死的楊安顏能夠辦到……」

「那秀兒呢？」沒等佘栢桐說完，梁郁笙已忍不住開口。「為什麼還要殺秀兒？」

「因為他說溜了嘴，給秀兒發現了他不是自己的『影子』。」

「說溜了嘴……是那個時候！」周明輝終於想起來了。「我記起了！他說了楊安顏和劉昌永『合作住宅計畫』！可是，身為李秀兒『影子』的他，是不可能知道楊安顏的計畫的。真是的！那時候我都沒有留意到……」

「如果那時候你有想到的話，說不定你也要死了。」佘栢桐冷笑。「不過殺了秀兒，卻給曾家偉解決了一個難題——就是讓秀兒成為殺陳洛祁的兇手，這樣楊安顏就不會因為背著殺人的嫌疑，而被警方追查下落。而且曾家偉原來的計畫，有個致命的障礙。」

「門鎖。」劉昌永搶著說。「堵住逃生樓梯那道門和上面的密碼鎖。」

「沒錯。」佘栢桐不禁在心裡暗自伸了一下舌頭，這個劉昌永真厲害，他是那種你下一步棋，他已經想到你之後的五步要打算怎樣做的人。「因為是密碼鎖，曾家偉也沒辦法，如果楊安顏沒死離開了大樓的話，他不可能從內上鎖。所以，楊安顏離開這推論要成立，就必須要有一個內應。而陳洛祁，剛好可以擔當那個角色。不過當然，離開了的楊安顏不能殺了陳洛祁，而秀兒……就剛好填補了那空缺。這樣……整個『故事』就完好了：對客戶來說，秀兒是殺死陳洛祁的兇手，對我們來說，秀兒是楊安顏的內應，本來準備在客戶面前讓我們成為意圖殺害楊安顏的兇手，可是事敗後秀兒協助楊安顏離開，之後不幸地最後卻因為用藥過量致死……」

曾家偉沒有再說話，他只是重重地長嘆了口氣，然後一步一步後退到窗邊。

22

如果機器人還沒有取代你的工作，除了極罕有的情況外，就只是因為你比機器人便宜。

——楊安顏《我要做金融精英》

服務生把紙條放在鋼琴旁邊的小桌子上，還用威士忌杯壓著，生怕紙條會被吹走。曾家偉沒有表現出任何情緒，繼續在彈他的曲子，但他心裡咒罵了一些髒話。都說不接受點歌的，但總是會有客人想點歌請他彈奏。

三歲開始習琴的他，曾經夢想以音樂當職業，可是長大後才發現，外面臥虎藏龍，雖然自己也彈得不錯，可是離可以考上樂團的水準卻差得太遠，更遑論要在大賽中獲得名次並成為演奏家。

沒有比賽名次的加持，根本沒可能在大學任教。想退而求其次到中小學教音樂嗎？對不起，因為現在所有中學都以科技學習為主，以前是科技輔助人類教書，現在人是科技的輔助，所以對老師的需求減少，音樂老師都要兼任教其他科目，除了音樂什麼都不懂的曾家偉，自然被拒諸門外。

於是他在音樂中心當鋼琴老師，教小孩彈鋼琴。可是他漸漸發現，說是鋼琴老師，

 (我們做了!)

其實更像保姆，家長們很多不大在意小孩是不是有認真學，只是希望每星期能放下小孩在音樂中心消磨一個小時，讓家長有點自己的時間。

「你兒子常常沒有練琴，這樣追不上進度的。」他對家長說。

「哎唷，我知道我知道，可是啦，我們很忙，出差也帶著他，沒辦法耶。對啦，下星期我們要出遠門不能上課囉。」這是常有的答案。

不少學生對家長投訴，說曾老師很兇。不過討好小孩不是重點，最重要是和家長打交道。這是曾家偉最沒轍的，看到其他老師和家長有說有笑，像是好朋友一般和樂，他就覺得噁心。

偶爾遇到有天分又認真學的，可是他們很快會換掉曾家偉，去跟其他所謂名師學習。

學生少得可憐的曾家偉，被音樂中心調職到樂器銷售處當學徒，以曾家偉的性格當然不是當銷售的料子，因為他音感好。他的工作是協助調音師和樂器修理技師，雖然電腦可以分析音準，但現階段還不是百分百準確，而且他們都要曾家偉試彈修理好的鋼琴，看看手感如何，然後對客人說這是「鋼琴家認證」的。

因為職銜是學徒，薪水當然不高，加上想繼續彈琴，曾家偉好不容易找到一份一星期三晚，在酒吧演奏鋼琴的打工。

在酒吧打工的好處是，每晚都有免費的酒喝，而那晚酒保給他調的酒，決定了那晚的曲目，如果是顏色鮮豔的雞尾酒，他就會彈一些輕快跳脫的曲子；如果是葡萄酒，曲子就偏向優雅。最近他愛上了喝威士忌，他也就不自覺彈一些慢版的爵士樂曲或藍調。

因為有這個不成文規矩，曾家偉不接受點曲，為免破壞整晚的氛圍。這是他僅餘覺得自己還是個藝術家的時候。

「呿。」曾家偉小聲說，並把紙條遞給侍應。

「將就一下嘛。」服務生瞄了一眼那客人的方向。「他給很多小費。」

曾家偉抬頭看了看那個客人，四十多五十歲紳士模樣的男人。Polo上衣配西裝外套，看來是到這裡出差的。

客人對曾家偉點頭微笑，他再看一看服務生求情般的表情，然後瞄了一眼寫在紙條上的點曲。

呵，是某爵士歌手的歌，有點冷門，看來那位客人對爵士樂也有點認識。

抱著識英雄重英雄的心態，曾家偉就用手機上網搜尋這歌的曲譜。找到曲譜後，曾家偉的手指開始在琴鍵上遊走，雖然是第一次彈的曲子，可是曾家偉彈起來就像在彈看家名曲一般純熟，就連用手指滑過手機看下頁曲譜的動作，都流暢得像表演的一部分。

演奏完畢後，那位客人走到鋼琴旁邊。這是曾家偉最不想發生的事，他最不懂和陌生人打交道。

「很精采的演奏。」

「謝謝。」

「你是沒有特別選定要彈的曲目吧？你是從酒保給你的酒來決定的。」

竟然給他看穿。

「你會『視讀』吧？第一次看的樂譜，也能彈得那麼流暢。」

「……」所以他是故意點這種冷門歌的？曾家偉想到。

「你在這裡是為了興趣？白天有沒有正職？」那人遞了名片給曾家偉。那人的名字叫楊安顏，是什麼金融的行政總裁。

這個楊安顏，他看得出自己有視讀的能力，難道他還能看出，自己沒有一份優薪的正職，要來這裡打工？曾家偉低頭裝著看名片，他不敢直視這個男人。

「我想你搞錯了，我只懂彈鋼琴。」

「沒關係，如果你想好以後，想有一份穩定收入的工作的話，隨時來找我。」楊安顏笑著離開了。

曾家偉以為，楊安顏是另有企圖，雖然他是缺錢，可是他沒有想過要出賣自己。可是那名片他是保留下來了。他沒想到，真的會有打名片上的電話的一天。

一個月後，曾家偉在工作中傷了手。音樂中心說那是他自己不小心，所以拒絕賠償，後來更藉詞把他解僱。因為傷了手，酒吧的打工也不能繼續，他們當然沒有等他，像他那樣的樂手，要多少有多少，而且聽說新來那人又年輕又帥又接受點歌又會討客人歡心……

只是一次，一次好了，拿了錢，過了這一關，可以有時間找份新工作。曾家偉按著那名片打電話。

出乎曾家偉所料，楊安顏不是對自己的肉體有興趣，他是真的想聘請他。他帶他到一個好像客服中心的地方，那裡有幾個人戴著耳機對著電腦唸唸有詞。

「這是你的座位。」楊安顏對他說。「從今天起，你就是我的『影子』。」

他的工作，就是每天到這個客服中心，戴上耳機連上系統，當聽到楊安顏和客戶談話時，他就會用電腦搜尋系統內的資料，然後把屏幕顯示的資料唸出來。

曾家偉很快就習慣了這份工作，雖然薪水不是很高，但生活不成問題。

曾家偉開始想，究竟系統裡那些資料是怎樣來的？趁空檔的時候，他發現原來在他後面還有其他人，負責分析和整理所有的資料。而楊安顏也讓曾家偉擁有調動「楊安顏團隊」資金的權限。

有了這份穩定的工作，曾家偉開始有閒錢享受一下，他在生日的時候第一次上崗康市最好的餐廳，也會去一些短途旅行，後來他更向銀行貸了款，買了個小公寓，雖然每月的供款占了他薪水的大部分，可是靠著信用卡和信貸，他還是能維持那種生活。雖然不能算是人生勝利組，但也過得不錯。

從來沒接觸過金融業的曾家偉，漸漸對當一個金融精英感興趣。

「我想接觸這方面多一些。」他對楊安顏說。

楊安顏定睛呆望了曾家偉半晌。「嗯，我試著安排。」

可是他什麼也沒做。

為了證明自己，曾家偉搜集了資料，寫了一份分析報告給楊安顏。

「我是很想可以在事業上更上一層樓。」他說。

楊安顏看了那報告，他一頁也沒有翻。「家偉，你還不明白。我不需要你做這些。」

「可是……我想可以對公司有更多貢獻……」

「不，你想像以前那些金融精英一樣，賺更多錢。但我可以告訴你，那一套不可行了。而且，你也沒有那個能力。」

他終於明白，他只是楊安顏的機器人。而楊安顏沒有完全電腦化，只是因為自己的薪水還是比機器人便宜。

為了安撫他，楊安顏還是給他加了點薪。當然，他知道，他已經不可能只靠在酒吧彈鋼琴打工過日子。現在崗康市很多工作都被人工智能慢慢取代，他算是幸運的一群。

那天，楊安顏突然和曾家偉見面。

「你有駕照是不是？」楊安顏問。「明天晚上八點半，你開車到這個地址接我。」

那是新建成的巴拿中心附近的停車場，到達後楊安顏叫他載他去巴拿中心。

「你在附近兜圈，我會通知你來接我，我打電話給你後要五分鐘內到。」

可是楊安顏打電話給自己時，他的聲音有點氣急敗壞。「快上來巴拿金融的辦公室！」

曾家偉沒有想過，等著他的是一具屍體。「幫我把這傢伙搬走，來這邊！」

楊安顏帶曾家偉到隱藏樓層，他還在把屍體安置好時，楊安顏已逕自走回去……

23

懂得作全盤考慮的人就最值錢，因為取代他的，不是簡單的機器人，而是更貴的人工智能。

——楊安顏《我要做金融精英》

「之後……就如栢桐你所說的，我看到楊安顏和其他人在吵，便混入其中。當那刀子掉出來時，我想也沒想……」在差不多走到窗邊時，曾家偉突然拔腿向玻璃窗跑去。

「不要！」佘栢桐衝過去想要抱著曾家偉，可是那衝力卻使他們雙雙撞向玻璃窗。

「危險！」王頌勝大喊，可是他距離太遠。

「啊！」周明輝嚇得掩著眼別過臉去。

高空彈跳就是這種感覺吧？佘栢桐想。一方面風向自己迎面撲來，一方面時間彷彿凝住了一樣，明明聽到風聲，可是周遭卻安靜得要命……

……………

「這……是什麼？」耳畔響起曾家偉的聲音。「為什……麼？」

「耶，就是救生氣墊啊。哈，怎樣？跳樓的感覺如何？」佘栢桐想爬起來，可是又失去平衡跌入氣墊中。「靠！我好像扭到手了。」

 (我們做了!)

曾家偉回過神來，他這才發現，他和佘栢桐雙雙落在救生氣墊上。

「不可能……八十八樓跳下來，即使有氣墊也不可能……」

「還不明白嗎？」佘栢桐用沒有扭到的手向上空指著。

順著佘栢桐指的方向，曾家偉清楚看到，他們掉下來的窗，破了一個大洞。

那不是八十八樓。

如果是八十八樓的話，不可能肉眼可以看得那麼清楚。

「巴拿金融的辦公室，那是……大約二、三樓的高度吧，但其實只是大廳上面的那一層。」佘栢桐笑著說。「這就是楊安顏要建臨時門堵著樓梯的理由。他要待展示的時候，帶參觀的人走樓梯，來讓他們發現其實不是八十八樓。」

「可是……窗外……還有電梯……啊，我明白了。」曾家偉癱倒在氣墊上。「王總公司的投影技術，那不是長期映著白天那麼簡單，而是無論身處哪一層，玻璃窗顯示的，都是高層的景觀。而葉總公司的器械，就是用在電梯上，明明只是三樓，卻給租戶有乘電梯到頂樓的感覺。」

「這樣看準了用戶都想有住在頂樓的風景，但是頂樓只有一層……啊，還有大廳的天花板和水晶燈，都利用了投影技術，這樣既有華麗的裝潢，又不用負擔昂貴的保養費。真正的大廳天花板，比我們看到的矮了一層樓，不然你以為隱藏樓層是哪來的？」佘栢桐在氣墊上一動也不動。「這就是楊安顏的計畫，利用合資企業，一步一步地把技術弄到手，再把這種技術應用在住宅大樓。」

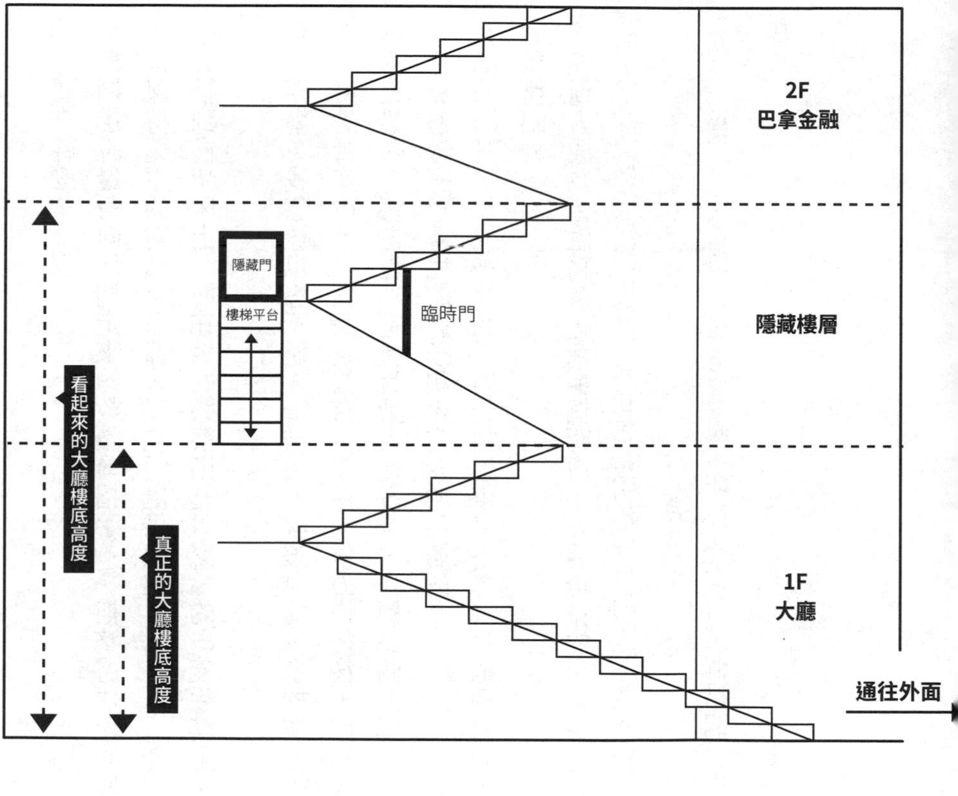
2F
巴拿金融
隱藏門
樓梯平台
臨時門
隱藏樓層
看起來的大廳樓底高度
真正的大廳樓底高度
1F
大廳
通往外面

「可是那隱藏樓層要來幹麼？」

「傭人啊。」佘栢桐邊說邊對向他們走來的救護員招手。「把整層住戶的傭人安置在隱藏樓層，這樣可以保持僱主的隱私，而傭人又在近處供使喚。」

救護員分別把兩人抬到擔架床上，而在場的警察則為曾家偉的一隻手銬上手銬，另一端扣在擔架床上。

「曾家偉……有一件事，我怎樣也想不通。」被抬上救護車前，佘栢桐忍著痛楚，也稍微撐起身問躺在旁邊的曾家偉。「假設我沒有拆穿你，電力恢復後，因為陳洛祁的命案，即使被認為是秀兒殺的，警方也一定會封鎖大樓搜查，我們每個人都一定會被帶去警局問話，那你是打算怎樣運走秀兒的影子和楊安顏的屍體的？」

還沒有聽到曾家偉的回答，他就被抬到不同的救護車。不過，佘栢桐看到，曾家偉露出一種恍然大悟的驚愕眼神。

楊安顏沒有培養任何人成為金融精英，佘栢桐明白了。他培養的，是一堆只會做一部分工作做得很好的人。就像在連鎖快餐店只在包三明治崗位的人，並不會懂得用炸鍋，也不懂進貨。

這些人，像曾家偉一樣，並不懂得作全盤考慮，所以才會有這個錯漏百出的殺人計畫……

24

有些路，一旦選定了，就得咬緊牙關走下去。不是說不能回頭，只是回頭的代價只會越來越高。想想你認為是重要的東西，如果你今天決定要捨棄，十年後就不要說後悔沒有怎樣怎樣的鬼話。

——楊安顏《我要做金融精英》

梁郁笙走進病房時，佘栢桐剛好把《我要做金融精英》闔上。

「看起來很有精神啊。」穿著醫生袍的梁郁笙笑著說。這時佘栢桐看到在梁郁笙後面還有劉昌永，和另一個男人。

「只是傷到手了吧，其實沒需要住院。」佘栢桐稍微抬起裹著石膏的左前臂。

「雖然說那只是三樓，但這樣掉下來，說不定會造成腦震盪，還是檢查一下好。總之費用方面你不用操心。還有，我們找到巴拿中心的藍圖，除了大廳上面的隱藏樓層外，還有另外四層隱藏樓層，不過因為外牆是玻璃幕牆，在外面不易發現。」劉昌永說。「對了，這是我朋友林組長，崗康市刑偵隊的，也是負責這一次的案件。」

「您好。」佘栢桐向林組長點頭打招呼，又轉過頭對劉昌永說：「要你費心了，謝謝你。」

梁郁笙先行離開，還輕輕地把病房的門關上。

「曾家偉已經承認了殺楊安顏、陳洛祁和李秀兒。他說發現自己說溜了嘴時，便立刻留意到李秀兒的神色不對，為免夜長夢多，就像你說的，先在飲料注射安眠藥，再把李秀兒帶到那房間注射毒品殺害。我們在他身上找到了你說的，印著血指印的紙幣，一共有三張。」林組長找了張椅子坐在佘栢桐床邊。「而在隱藏樓層裡的無名屍體，已經證實了身分。確實是李秀兒的『影子』。警方搜查時證實，就是那個人，發現了楊安顏打算利用合資企業去奪取王頌勝和葉鴻的技術，後來給他在合資企業的文件中找到楊安顏其中一間公司的名字，再給他查到那公司和劉昌永的關係。他暗地裡聯絡了其他人，準備那天商討下一步行動。楊安顏事前毫不知情，真的只是碰巧在大樓裡碰見。

「不過曾家偉的供詞中，有些奇怪的地方。

「他說那天被楊安顏叫去當司機，他在八點十五分到大樓附近的停車場接楊安顏載他到大樓，然後要到附近繞圈也好，停下車子在別處也好，總之就不能停在大樓處，再在九點半回去接他，載他回去停車場取車，而我們也在那停車場找到楊安顏的座駕。」

「確實有點奇怪。」佘栢桐努力控制著自己的表情，他知道此刻不能讓警察看出他的表情有任何變化。他是整件事件的局外人，他只是剛巧在那個時候捲入這次事件——他在演這樣的一個角色。所以現在也要冷靜地像個局外人般分析事件。「為什麼他要這麼大費周章，聽起來像是要掩飾行蹤。」

「你也覺得耶！我聽說那天楊總也是約了你去大樓。他是約了你幾點的？」

「十點。」佘栢桐很快地回答。「因為天氣不好，我又不大熟那區，所以提早出發，結果早到了。」

「嗯……看來他是想把你介紹給王總和葉總認識……」林組長看了看劉昌永。

「……是不是還有什麼事？」

「佘先生，」林組長再坐近一點。「楊總真的約你十點？不是更早？」

「……呃，是……怎麼了？」佘栢桐有點心虛的感覺。

「那我就開門見山了。」林組長正色坐直身子。「曾家偉供稱，他確實是在紙包飲料裡下了安眠藥，不過那些安眠藥，還有之後用來給李秀兒注射的毒品，都不是他的，而是在處理楊總的屍體時，在他身上找到的。我們本來的推想是，會不會楊總特別在大樓開幕前約你們過去，其實是要開毒品派對，不過王總和葉總強烈否認……」

「所以就懷疑我這個國外回來的人？懷疑我這個本業是演員的人？那是什麼邏輯？國外生活的人、在國外生活的演員就會嗑藥嗎？」

「佘先生你冷靜一點，」林組長的表情仍是一貫的撲克臉。「我們只是不放過任何一個可能性，希望你能諒解。」

之後林組長還問了幾個問題，都是一些背景有關的，例如楊安顏去倫敦找他的事，佘栢桐到達崗康市後和楊安顏的聯絡等等。離開前，林組長還告訴佘栢桐另一件事：殺死楊安顏的瑞士軍刀，並不是曾家偉的東西。

 (我們做了!)

林組長和劉昌永離開後，佘栢桐差不多等了十分鐘，才敢鬆一口氣。他用力捏著自己的手臂，摸自己的臉頰、嘴唇、鼻子，感受著自己的血肉之軀。他用力喘氣，感受著呼吸的感覺。

就差一點點，這就是一具冰冷的屍體。

一切就如佘栢桐到達巴拿中心之前想過的，本來他也以為自己的擔心有點多餘，還不安自己小人之心。可是沒想到楊安顏竟然真的打算這樣做。

毒品和安眠藥是楊安顏身上的東西，這更讓佘栢桐確認了他本來只有一點點的懷疑。**楊安顏是準備用在自己身上的**——佘栢桐現在確信，就像曾家偉用在秀兒身上一樣。先用安眠藥讓他失去意識，再為自己注射過量毒品，做成嗑藥致死的假象。

所以楊安顏叫自己九點到達大樓，而他卻約了王頌勝和葉鴻十點。

八點半，曾家偉載他到巴拿中心，他先在那裡作準備。

九點，自己到達大樓，楊安顏會誘使他喝下摻了安眠藥的飲料。待自己失去意識時，也就是迎接死亡的時候。然後楊安顏會把自己的屍體丟在隱藏樓層。曾家偉九點半接他回去停車場取車，他再駕駛自己的車子，裝成十點左右才到達巴拿中心。這一切當然沒有人知道，因為他是故意還不讓監視器上線的。

十點，王頌勝和葉鴻會雙雙到達，也許會早了一點或是遲了一點，這不重要。楊安顏會帶他們參觀辦公室，也許還會讓他們看隱藏樓層，只要不發現屍體就好。然後他會帶他們走樓梯下去，表面上是展示八十八樓的辦公室其實是在三樓。還有就是讓他們看到那密碼鎖是那時候才被拿下來的。之後他們可能會去飲酒作樂，總之楊安顏會讓王頌勝和葉鴻整晚和自己在一起。

第二天、也許星期一，自己在隱藏樓層的屍體會被發現。可是，就如剛才林組長的態度，自己的身分被查明後，應該會被當成外國年輕華僑，貪玩走樓梯上去未啟用的新大樓開迷幻派對。因為王頌勝和葉鴻可以作證，在他們離開大樓前，那層有鐵門和鎖，所以自己一定是在他們離開後才到達的，也就能把自己的死亡時間，推到楊安顏有不在場證明的時候。

可是陰差陽錯，沒想到李秀兒他們也在大樓裡。

而瑞士軍刀不是楊安顏或曾家偉的東西，佘栢桐當然知道，因為那是他的。

那是佘栢桐帶在身上的，因為擔心楊安顏會對自己不利。

他的擔心並不是多餘，楊安顏事實上是一個認為其他人的生命不值一文的人。他一時怒上心頭就用手杖殺了秀兒的影子。

為什麼楊安顏可以隨意地殺了秀兒的影子，還要曾家偉善後，但卻大費周章去掩飾要殺佘栢桐？

佘栢桐當然知道原因，當初楊安顏到倫敦找佘栢桐，又給他工作，並不是單純地出於內疚，而是楊安顏以為佘栢桐掌握了他的秘密鑰匙。所以殺佘栢桐滅口的工作，並不能假手於人。

「真蠢。」佘栢桐喃喃自語。可是楊安顏並不知道，那也是佘栢桐的秘密，所以剛才他對林組長三緘其口，不能給林組長知道楊安顏其實是要殺自己的計畫。

 (我們做了!)

隔了一陣子，劉昌永打電話來，為林組長的態度道歉。

「對了栢桐，你之後有什麼打算？回去倫敦？」

「我本來就是先來看看情況再回倫敦收拾行李的。」

「那祝你一路順風，有什麼需要儘管告訴我和郁笙。」

「劉先生，其實……我有個請求，但是可能有點唐突……」佘栢桐看著《我要做金融精英》最後一頁。

「想想你認爲重要的東西。」

25

萬物都是一個循環。不斷地流動、轉化，名字換了，外形轉了，又迎來下一個循環。最快看穿本相的，就是贏家。

——楊安顏《我要做金融精英》

看到校長的一刻，佘栢桐忍不住衝過去，緊緊地擁抱著她。

「哈哈，怎麼還像個小孩一樣？」

關於崗康市的事件，消息好像被封鎖了，佘栢桐離境前，林組長特意致電給他，說案件還在調查階段，叫他不要發表任何影響搜查的言論。

也就是要他封嘴的意思，當然他也無意多說。

因為劉昌永，他得到了免費機票，先回去聖荷西見養父母，再在回倫敦前到紐約見校長。這些年來，他都是透過視訊和校長聊天，已經好久好久沒和她面對面見面了。

離開崗康市前，佘栢桐剛巧在新聞看到劉昌永、王頌勝和葉鴻合作的新住宅計畫發布會。

如他所料，新住宅大樓利用了隱藏樓層的設計，提供傭人分開居住的地方，不過除了佘栢桐之前預計的隱私原因外，更重要的，是每個住宅單位的面積可以更小，也就是每層可以有更多單位出售。而且傭人不是每戶自行聘用，而是包含在管理合約中，即是可以幾戶共用一名傭人，令每戶的費用更低。難怪楊安顏會想和劉昌永合作，因為劉昌永正是主力興建這種高密度住宅的發展商。

大樓窗戶的玻璃都是利用了王頌勝的投影技術，除了每戶也有高層景觀外，還可以投影「室內」的影像，做成比原來空間更大的錯覺，就如以前在家中一面牆安裝一大塊鏡的原理。而升降機應用了葉鴻公司的技術，讓不論是哪一層的住客，都有乘升降機到高層的感覺。在這大樓裡，沒有「一樓」、「二樓」，住客在大廳按下名牌，系統就會分流，而系統會把每戶資料交給緊急服務，萬一要救援也能立刻知道正確的樓層。

「在『巧．畔．逸』，居高臨下享受夢想生活絕不是夢！」廣告中的年輕夫婦按一按鈴，傭人便很快出現。

巧──是形容那小得不能再小的單位，果然是觀點與角度。

畔──如果勉強能看到崗康河也叫河畔的話。不過沒關係，投影玻璃窗會給住客河畔的景色。

逸──靠著住在隱藏樓層的傭人，享受著舒逸的生活。

佘栢桐想起從前歐洲那些古老大宅中住在地牢的傭人。

他查看了售價，雖然也是讓佘栢桐咋舌的價錢，可是聽說那是讓崗康市年輕人能負擔的「良心價」，劉昌永、王頌勝和葉鴻也被媒體捧成「良心商人」。劉昌永也代替楊安顏發展遊樂園，前提是政府批准他在旁邊的地皮建賭場。

「你父母還好嗎？」校長知道他從聖荷西來。

「嗯，他們有東西要我帶給妳。」

「他們總是這麼客氣。」校長招呼佘栢桐進客廳坐，因為太久沒見，校長一直捉著他的手。

「栢桐啊，你不會再回崗康市了嗎？你會回去聖荷西？」

佘栢桐搖頭。「我會回倫敦，也許回去唸書，校長覺得我去當律師好嗎？」

「好，都好。」校長輕輕拍他的手背。「不演戲了嗎？」

「看看吧，不過應該不會全職了。」說著佘栢桐深呼吸一口氣。「校長，對不起。」

「唔？」

「**記著，把握每個突出自己的機會，只有與眾不同，人家才會記得你。如果人家連你的臉也不知道，那什麼也不用說了。方法不重要，重要的是結果。**」當雜誌記者找佘栢桐的時候，當年李秀兒說的話，就像魔鬼的夢囈一樣在耳邊響起。

利用自己遺孤的身分，就可以得到這個在媒體曝光的機會。

「**要突出自己。**」李秀兒的聲音還是如秋天的南瓜拿鐵，但彷彿多了點苦澀。

即使在受訪的遺孤中，也要做最突出的一個。佘栢桐那時就下定決心。

「校長，對不起，要妳為我說謊……我為了在雜誌的訪問中比其他遺孤突出，為了讓讀者記得我，故意編了那個父母陰差陽錯下派下屬給我送藥，終究逃不過死神的戲劇性故事。還竟然要求妳幫忙圓謊，以為有校長做證人就更可信……我差點……害了校長。」

校長只是一邊滿意地微笑，一邊握著佘栢桐的手，彷彿在說「現在回頭也不遲」。

楊安顏出現時，竟然能以他做為佘栢桐父母下屬的角度，說出到幼兒園送哮喘噴霧的事件。佘栢桐當然知道不可能，因為畢竟那是胡謅出來的。當時佘栢桐以為，楊安顏真的是父母的下屬，看穿了佘栢桐這個小咖，為了成名說謊，因為歉疚才打算照顧這位故人的兒子。佘栢桐以為他說的那個九一一事件的故事，就是要暗示他知道佘栢桐在說謊。

如果說謊的事被他爆出來的話，佘栢桐就變成了被醜聞包圍、為了成名口無遮攔的下三流演員，還會連累校長的聲譽。所以為了摸清楊安顏的意圖，當然也想看看是不是真的有這個好機會，佘栢桐決定回去崗康市。沒想到原來剛好相反，楊安顏根本不是什麼金融精英，他要殺佘栢桐，正是害怕他會是那唯一能揭破他謊言的人。他說出去幼兒園送哮喘噴霧的事，並不是在暗示他知道佘栢桐在說謊，而是他以為那是真的發生過的事，所以才對佘栢桐胡謅出他的版本。

「後天……就是了，之後才走？」校長問，剛好把佘栢桐拉回現實。

「嗯，我就是打算那樣。」

「湯瑪士．J．沙力。」

「安娜．M．山奴。」

在紐約九一一事件紀念館外的公園，臺上穿著全黑的人員唸著死難者的名字。

這是佘栢桐第一次參加九一一事件的紀念活動，他以為會很激動，但這刻的心情卻是意外地平靜，大概是公園水池的設計，那緩緩的水流彷彿和心跳同步，一步一步讓兩者產生共鳴，使呼吸心跳也平靜下來。

「史提芬・P・陳。」

站在佘栢桐後面不遠處，有一對年老的華裔夫婦，他們的兒子也是九一一事件的死難者，每年都會從中部飛來參加紀念活動。這些年來，讓這對夫婦意難平的，是兒子根本不是在世貿大樓工作，他到紐約，只是想追逐當演員的夢想。他們只知道，二十幾年前，兒子和一個在世貿大樓工作、一個姓楊的華裔朋友在紐約合租一個公寓。那天之後，他們就聯絡不上兒子，後來兒子的室友終於寄了一封信來，說在整理兒子的遺物才找到他老家的地址。原來兒子那天說要看室友工作的地方，到達後室友突然要出外參加一個重要會議，兒子說會自己到處走走，沒想到陰差陽錯……

雖然他們始終沒和那個室友見過面，但是每年農曆新年，那個人都會很貼心地寄東西過來，開始的幾年都是一些價值不高、但很有心意的小禮物；後來越來越貴重，郵輪假期、首飾都不在話下，而且還常常通過書信對他們噓寒問暖，甚至讓他們有兒子還沒有離世，只是在遠方工作的錯覺。不過比起這些禮物，這兩老更想親自見一見這位室友，見一見這位和自己兒子命運交錯的人，並親自答謝這些年來的禮物。不過這位楊先生不是藉詞工作忙碌，就是有其他的藉口避免見面。老夫婦以為，他大概還是在心裡對兒子有歉疚。所以每一年，他們都會來這裡，看看有沒有一個和自己兒子年齡相仿的亞洲人。

「愛德華·A·狄克遜。」

佘栢桐看到站在前面的人，手裡握著一朵白玫瑰。

「史葛·戴維斯。」

看到玫瑰，佘栢桐就想起，和楊安顏見面的那個晚上，茱麗葉在「捕鼠器」唸出的臺詞：「名字算什麼？那叫玫瑰的，即使換了名字，還是一樣的芳香……」

THE BEGINNING……

當世貿南座在眼前倒塌時，史提芬．陳除了驚愕之外，還有一絲的高興。

小楊的公司在六十二樓，史提芬記得。還有他說過他的上司是一對華裔夫婦。

「明天一定要把拖欠的租金付清，還有家裡你那部分的開銷，我不能再給你墊了。」昨天晚上室友小楊發出最後通牒，說如果不付清欠款就要搬出去，讓他再另覓能付房租的室友。

和小楊大吵一場後，史提芬憤然離開了和小楊合租的公寓，在街上溜達到天亮。他有想過去中央公園，但是怕被看成流浪漢，畢竟他還算是一名演員——雖然是不紅的。

為了在紐約當演員，史提芬從社區學院畢業後，便隻身從中部來到紐約，機緣巧合下和當時還是大學生的小楊在布魯克林區合租一個公寓。小楊畢業後順利找到工作，在曼哈頓向著他的金融精英路邁進。

而史提芬，還是在一邊打工一邊當些零星的小角色。

從前大家都是窮光蛋時，一時周轉不靈不夠錢付房租的事常有發生，通常都是一方先墊支，另一方過幾天拿到薪水就歸還。但是現在多是史提芬欠租，最近更拖了三個月，因為他想爭取一個大型製作的角色，便辭去了打工專心準備。他以為以他和小楊幾年一起生活的交情，應該不是問題。

可是原來小楊不是這樣想。

史提芬用了一整晚，從剛跑到街上時的憤憤不平，到天亮時終於接受了這個現實——他和小楊只是室友，並不是朋友。只要了解到和這個人沒有感情，就不用失望。畢竟自己真的是個欠租的租客。眼下要解決的，是錢的問題。

他走到銀行，把信用卡推進自動櫃員機的插卡口。那一刻，他覺得正在把自己推進一個深淵。

信用卡的現金透支利息相當高，這點他還是知道的。電視下午的談話節目有談過，有年輕人用信用卡現金透支去支付另一張信用卡的欠款，就這樣不停申請信用卡，欠債加上利息就如雪球般越滾越大。

一開始動用信用卡提取現金，就是跌進深淵的第一步。

不會的，史提芬深信。這只是一時的周轉不靈，只要能拿下角色，就真真正正開展做為演員的事業，那很快就會還清欠款。

只要再忍耐一陣子。

就一陣子而已。

拿了錢以後，才發覺事情不是這麼糟，於是史提芬決定到一家家庭式餐廳吃一頓豐富的早餐。點了餐後，他借用餐廳的電話打到小楊公司的內線，八點過一點，這個時間他已經在公司了。史提芬對小楊說，他晚點過去小楊工作的地方把錢給他。

當是順道參觀一下世貿中心吧，他想。

「你不是史提芬嗎？」他剛回座位坐下，鄰座的男人叫住了他。剛才那人一直在看報，史提芬都沒看到他的臉。原來是那大型製作團隊裡的人，史提芬就是請他幫忙牽線。

「啊，是你喲。不好意思，剛才都沒看到你。」史提芬就在他對面坐下。「那麼閒在這裡吃早餐看報？不用開會嗎？」他在暗示製作的事。

「昨晚開完選角會議。」男人放下報紙，雙手手肘擱在桌上把身向前傾。「主要角色都決定了。」

「嗯？」史提芬吞一吞口水，也把身向前傾，和男人只有幾吋的距離。

「很遺憾。」男人說著這句時，雙眼直盯著史提芬，像是告訴他，男人對這個結果無愧於心。「大家也感受到你的努力，但是這次看來不大適合。」

史提芬緊握著拳頭。「是因為我是亞洲人嗎？」這些年來，他不多不少也感受到，即使他能說一口蘇格蘭腔的英語，他的一張臉卻不能令人覺得他是那個悲劇的蘇格蘭王馬克白。

「你千萬不要這樣說，膚色從來都不是考慮因素。」男人輕拍史提芬的手。「只是對手太強了，各地的演員都想爭取的就那幾個角色。不過我跟你說，導演對你的印象不錯，看看其他角色有沒有機會。」

「還不是演路人。」

「史提芬，」男人頓了半晌。「有沒有想過，這裡不是你的舞臺？」

「什麼意思？」史提芬盯著男人。「你是說我應該回家鄉嗎？」

「不，我不是要你放棄當演員，相反地，我覺得你絕對有演戲的才能。我說的是，可能紐約並不是能讓你好好發揮的地方。」

我的舞臺……？

「天啊！」

「這他媽的是什麼？」

正當史提芬在思考眼前男人說話的意思時，餐廳內傳來了一陣騷動。

「老天……」男人一邊呆呆地瞪著史提芬的後方，一邊緩緩地站起來。

史提芬也轉過身，看到所有人都湊到那小小的電視機下方。

電視機畫面映著的，是史提芬覺得像是一根吹熄了在冒著煙的洋燭——那是世貿中心北座被撞後的場面。

然後不知是什麼驅使，史提芬離開了餐廳，向世貿中心方向走去。

是擔心小楊嗎？肯定不是，他心裡明白。但那又是為了什麼呢？

那就是我的舞臺！

他隱約感到，那裡有他的舞臺。

他和群眾一起見證了第二架飛機撞進南座的情景。在那個街角，他看到了一個不一樣的舞臺，那裡有不認識的人相擁痛哭，他看到一名拿著咖啡和貝果歇斯底里地叫喊的女孩，直到一名有點塊頭的女人像是安撫受傷動物般抱著她。

然後，他在那裡看到了黑洞，由沉默和絕望形成的黑洞，一步一步擴大，吞噬著每一個人。

史提芬隨手插進牛仔褲後面的口袋，在摸到裡面那東西的一刻，他感到像是有股電

(我們做了!)

流通過全身。

那是一個信封。稍早的時候，在銀行自動櫃員機，用信用卡提取的錢。本來是要給小楊的。

他抬頭望向那冒著濃煙的南座，一個自己也覺得可怕的念頭在腦中浮現。

如果，小楊死了的話，該有多好……

不，小楊死了，還不能完全解決他的問題。事件過後，他還是個朝不保夕的發霉演員。

如果，小楊死了，我變成了小楊……

哪有這麼容易？史提芬不禁在嘲笑自己。可是，在之後的幾分鐘，他就想到，小楊在美國沒有親人，朋友多是大學同學，也都是在華爾街工作，說不定不少今天也死了。在臉上弄點傷，到醫院登記自己是小楊，聲稱錢包證件都在公司，家裡還有小楊大學時的參考書，認真努力的話，加上自己的演技……

在目睹南座倒塌的前一刻，史提芬都認為那是他過分的幻想。

可是當世貿南座在眼前塌下時，除了驚愕之外，竟然還有一絲的高興。

「喂！你不要命了嗎？快跑啊！」要不是旁邊那個人拉著自己一起跑，他還沉浸在那幻想之中。

逃跑的時候，他就下了決心賭一把，如果能活下來，就用小楊的身分過新的人生。躲進了便利商店，逃過了瓦礫塵暴，史提芬跌跌撞撞地走到街上。所有的東西都是灰色的，但看在史提芬的眼裡，卻是一種豁然開朗的光明。

從今天起，我就是金融精英小楊了。

「史提芬！」

熟悉的聲音在身後響起，可能是吸入了灰塵，或是心虛的關係，史提芬像是作嘔般重重咳了一下。

不可能！史提芬緩緩轉身。

明明是重生的光明，難道在自己不知情時跌進了地獄？

站在史提芬眼前的，是滿身灰塵的小楊！

「小楊……你……」

「哈，這就叫命不該絕，我剛巧不在公司。」小楊咚地坐在地上喘著氣。

為什麼？史提芬感到自己鼻頭一酸。原來老天爺剛才沒有接受，那場自己用性命押下的賭注嗎？明明自己是下了那麼大的決心，準備連自己原來的人生都要拋棄的。

一陣微風掠過，史提芬感到有什麼東西吹到他的腳邊。他低頭一看，一個超市塑膠袋纏住了他的腳。在他正想踢開它時，可能因為周圍的灰塵被風吹散，點點陽光落在那個塑膠袋上。

史提芬彎腰拾起那塑膠袋，然後側頭隨著那光線望向天空。

一個完好無缺的塑膠袋，面對這種災難，只有塑膠袋能倖存。

同時他發現，附近除了他和小楊外沒半個人。

 (我們做了!)

史提芬苦笑，原來上天給他的賭局，現在才要下注。

他閉上眼，在腦海中演練著想到的「劇本」——要制住對方雙手，讓他不能抓破塑膠袋，最好的方法是從後騎上對方的肩膊，他現在坐在地上也正好。

顧不了空氣飄浮著灰塵，史提芬深深吸了口氣，悄悄走近還在喘氣的小楊……

【解說】

玫瑰即使換了名字，還是一樣的芳香……

（本文涉及謎底與部分詭計，請在讀完全書後再行閱讀。）

推理作家 陳浩基

由於文善與我同為臺灣推理作家協會的海外成員，加上我倆是「同鄉」，所以縱使身處地球上相差十二個時區的兩個城市，我們仍不時使用電郵通信切磋。早在二〇一四年，當她仍在寫《店長，我有戀愛煩惱》之際，她已在信件裡透露了下一個寫作計畫——以「暴風雪山莊／孤島謀殺」為主題的本格推理作品。結果文善言出必行，《店長》後的下一部作品便是您手上的這一本《你想殺死老闆嗎？（我們做了！）》。乍看書名，大概不少人以為是一部坊間正流行的輕鬆推理小說，可是本作骨子裡不但有著純正的本格推理血統，更涉獵多個範疇，仔細咀嚼的話，會赫然嘗出種種滋味。

撇開一開始那段描述精湛的九一一倖存經歷不談，本作的謎團的確起始於一個相當具黑色幽默的場景——一群金融企業員工錯手刺死了老闆，基於自私與彼此不信任不得不共同掩飾犯罪，卻好死不死被老闆的朋友差點撞破，還陰差陽錯地被困在現場。然而隨著故事發展，真正的「暴風雪山莊殺人事件」上演，屍體一具接一具出現，最後光在這棟新的辦公大樓之中，總共死了四人，而且四人皆是被謀殺，一開始的「錯手殺死老闆」原來也是詭局。

不過，本作雖然以暴風雪山莊的模式來進行，甚至祭出「秘道」這種傳統的解答，我們卻必須留意作者的真正意圖：暴風雪山莊在這個故事裡，只是「手段」，而不是「目的」。暴風雪山莊的重點在於角色被迫困在一個場景之內，無法離開，但本作最後卻告訴讀者這個孤立的環境根本是個假象，他們身處的不是摩天大樓的八十八樓，而只是在打破窗戶便能逃出去的三樓。當這個真相冒出來時，讀者才會發現眾人根本有機會避過兇手的襲擊，其中兩名死者本來更命不該絕。

或許有人會以為這不過是一段小插曲，反正讓故事真的發生在八十八樓，跟在三樓發生一樣行得通，頂多是主角不能像動作片英雄一樣抓住犯人破窗而出那麼帥氣吧。但我想說，這個「三樓假裝成頂樓」的設計呼應了本作的中心思想，跟其他元素環環相扣，構成一幅完整的圖畫——這個中心思想，便是「我們都身處虛偽之中」。

楊安顏這個角色，貫徹了這份「虛偽」，他甚至了解到現代人願意活在這種虛偽之中，從而獲利。他企圖吞併王葉二人的科技去創造「不真實的高層住宅」謀利，而且他的金融公司，更是利用「影子」模式，讓李秀嵐和周明輝等演員搖身一變成為虛假的金融精英。臺灣的讀者可能不太熟悉「金融精英」這稱謂，在歐美（和香港），金融精英（Financial Elites，港稱「金融才俊」）往往被視為天之驕子，在投資銀行或金融機構身居要職，呼風喚雨，有能力創造出驚人財富；然而，事實上就如故事初段咖啡店內的眼鏡女生所言，不少金融精英其實只是一般的上班族，「精英」一詞不過是虛妄的頭銜。就算是真正有能力操控市場的精英，他們的所作所為也可能是另一種虛偽，我們回想一下〇八年金融海嘯的背景，就知道「寫作精英、唸作騙子」的大不乏人。故事裡的「暴風雪山莊」之所以出現，正是因為楊安顏企圖借這種人性的虛偽發財，甚至他的死亡亦是由於虛偽的經營手段引發出來的惡意所造成。

當故事中的主要案件告一段落後，我們才會發現這個「虛偽」的主題仍未結束，佘栢桐之所以身陷險境，差點被楊安顏謀害，原因也是來自虛偽，他為了在訪問中突顯自己，不惜放棄原則，偽造出一個父母部下送藥的故事；而更教讀者意外的，是楊安顏這個角色本身竟然也是偽造的——故事結末回到十多年前，作者端出一起謀殺案，讓兇手永遠虛偽地以他人名字而活，取得虛假的成功。有趣的是，整個故事中唯一使用第一人稱的章節竟然是「楊安顏」的虛假陳述，這個角色不但利用謊言瞞騙了所有角色，就連讀者也被他欺騙了。

我可以花大量篇幅去探討本作的詭計設計，研究它的公平性、伏線布局構成等等，但相比起這些技術性的主題，我認為上述的核心更值得我們去反思。玫瑰即使換了名字，還是一樣芳香，問題是，假如有一件人造之物，看起來像是玫瑰、聞起來也像玫瑰，那我們該不該接受它就是「玫瑰」呢？

 (我們做了!)

國家圖書館出版品預行編目資料

你想殺死老闆嗎？（我們做了！）/ 文善 著. -- 初版. -- 臺北市：皇冠, 2017.9.
面; 公分. --(皇冠叢書；第4646種) (JOY；201)

ISBN 978-957-33-3333-3 (平裝)

857.7 106014896

皇冠叢書第4646種
JOY 201
你想殺死老闆嗎？(我們做了！)

作　　者—文善
發 行 人—平雲
出版發行—皇冠文化出版有限公司
台北市敦化北路120巷50號
電話◎02-27168888
郵撥帳號◎15261516號
皇冠出版社(香港)有限公司
香港上環文咸東街50號寶恒商業中心
23樓2301-3室
電話◎2529-1778　傳真◎2527-0904
總 編 輯—龔橞甄
責任主編—許婷婷
責任編輯—蔡承歡
美術設計—嚴昱琳
著作完成日期—2017年7月
初版一刷日期—2017年9月

法律顧問—王惠光律師

讀者服務傳真專線◎02-27150507
電腦編號◎406201
ISBN◎978-957-33-3333-3
Printed in Taiwan
本書定價◎新台幣300元/港幣100元